KB022418

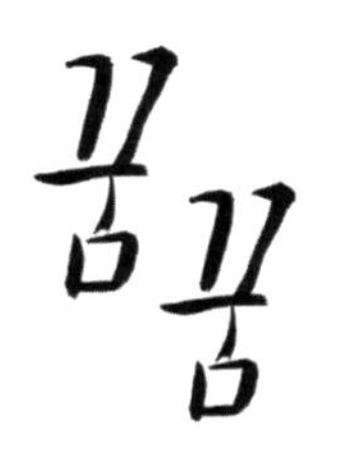
꿈꿈

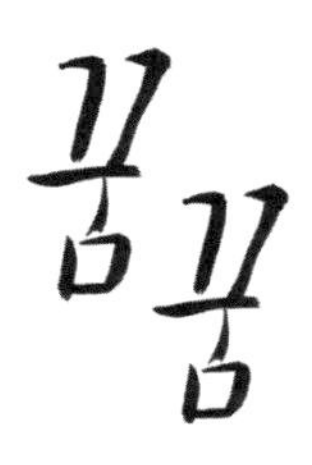

강지윤 외

시와 동화

차 례

동일중학교

문성중학교

문일중학교

세일중학교

시흥중학교

한울중학교

동일중학교

강지윤 _ 안개꽃

소실

고가현 _ 학교 매점

누나, 나는 이제 정말 전쟁이 싫어!

김미선 _ 운동장

짝사랑

친구

유은수_ 도플갱어

들판 위에 앉아

가면

안개꽃

강지윤

누군가는 돌아간다고 하고
무엇은 무지개다리를 건넌다 하더라

여름철 소나기에 꽃모가지 하나가 툭
꺾였다.

안개꽃이,
흐드러지게 피었다.

소실

강지윤

*

'있잖아, 가온.'

시야를 가린 얇은 살점 두 조각이 무겁다. 빛은 보이질 않았다. 끝없는 암전이다. 꽃은 영겁의 세월을 지나 지기 시작했다.

결코 소멸이란 말은 하지 않았음이라. 그때 그대가 나에게 했던 말을 기억할 수 있었더라면. 떠올리지 못한 대가로 그대는 스러져 간다. 아침 이슬이 새벽 어름에 말라 가듯이. 그대여, 나는 고함이라. 아직 그대를 잊지 않았다, 그리 부름이다.

'잊지 말아 줘.'

그대를.

잊을 리가 없는 그대를. 채 깨어나지 못한, 잠의 바다으로 가라앉는 정신을 힘겹게 끌어올렸다. 거친 풍랑이 일듯 울렁인다. 뜨거운 것이 볼을 타고 흘러 작은 웅덩이를 만들었다. 움직일 수 없는 몸에 진저리가 쳐졌다.

'기다리고 있을 테니까.'

꽃은 졌다.

질척하게 젖은 붉은 웅덩이 사이였다. 검은 꽃은, 깨어나지 않을 꿈을 꾸듯 눈을 감았다. 영원의 밤을 헤맬 그대에게 가호를. 삭월은 그 옆에 내려앉아 귓가에 속삭인다. 시들어 가듯이 흩어져 가는 그대는 마치 바람과 같았나니.

소녀는 졌다.

꽃이 진 자리를, 바람이 모여들어 마지막 자락에 달하던 온기마저 덧없이 안고 저대로 흘러가 버렸다. 남은 것은 꿈길을 헤매고 있는 소년뿐이었다. 차라리 그대를 제 인연으로 거두지 않았음이 나았으리라. 소년은 줄곧 망막에 맺히는 상을 마주하며 한스런 울음을 토해 내었다.

**

그것은 여느 날들과 다름 없이 소녀가 소년의 허리께서 흩날리던 머리칼로 손장난을 치던 도중 일어난 일이었다. 희게 세어 버린 소년의 머리칼은 소녀가 흔치 않게 진득한 관심을 지니고 다루는 분야였다. 짙은 묵빛을 한가득 머금은 소녀의 머리칼은 어깨에서 달랑대었다.

소녀의 손가락은 매끄럽지 않았으나 길고 여렸다. 야무지게 머리칼을 잡아당기며 정돈하는 매무새가 예사롭지 않았다. 소년은 언젠가 그 손을 함빡 담아 들고 제 머리칼에 문대었었다. 소녀는 자지러지게 웃음을 뱉어 내고선 어디론가 달려나가 버렸다. 소녀의 웃음은 무성하게 피어오른 덤불장미 향만치 달았다.

품안 안개만치 자욱하게 꽃을 꺾어

저에게 달려오는 소녀가 그토록 사랑스러울 수 없었다. 언뜻 소녀의 잔상이 비틀거렸다.

단애斷崖의 가파른 틈 사이로 우수수, 꽃비가 내렸다.

그대가 어여삐 여기던 꽃들이었다. 밀빛의 흩날리던 치마폭 새로 붉고 노란 꽃모가지가 흩어졌다. 그대의 조그마한 몸뚱어리는 살갗마저 깊게 가르는 바람에 파묻혀 문득 보이질 않게 되어 버렸다.

바르작거리는 몸이 지나치게 멀어져 바랠 때까지 손마디 하나도 미동하질 않았다. 찰나 사이에 벌어진 일이었다.

소년은 눈을 감았다. 채 식지 못한 온기를 품은 공기가 천천히 바닥으로 가라앉았다.

소년은 천천히 읊조렸다. 은나래—.

이름은 살풋 하늘로 날아올랐다. 소년은 아래를 내려다보았다.

시야가 온통 붉게 물들었다.

안개꽃이,

흐드러지게 피었다.

*

차갑게 식어 버린 고깃덩이를 소년은 한 때 은애했고, 찬미했었다.

*

검은 꽃이 진 웅덩이는 눈이 아리도록 붉었다.

웅덩이에서 지고 만 것은 꽃이었으매 진정 붉었다. 불꽃은 꽃이기에 화려하게 져갔다. 비로소 낙화落花가 아닌, 소실燒失이었다.

**

그대, 아리도록 선홍빛에 휩싸여 점멸하였다.

질척하게 젖은 붉은 웅덩이 사이였다. 검은 꽃은, 깨어나지 않을 꿈을 꾸듯이 눈을 감았다. 영원의 밤을 헤맬 그대에게 가호를,

삭월은 그 옆에 내려앉아 귓가에 속삭였다.

학교 매점

고가현

매점에는 늘 사람이 많다.
사고 싶은데 못 들어가겠다.
배고픈데…….

누나, 나는 이제 정말 전쟁이 싫어!

고가현

미국 샌프란시스코에 위치한 집에는 전쟁놀이를 무지 좋아하는 미국인 남자아이 제이크와 그의 누나 엘르가 살고 있었습니다.

제이크는 매일 전쟁놀이를 하고 놀았습니다.

"부웅 부웅 으악, 제트기 R-37이 떴다. 살려 줘!"

"장군님 어떻게 합니까? 우리는 이제 다 죽었습니다."

"시끄럽다! 우리는 미사일을 쏴 저 R-37제트기를 부숴 버리면 그만이다!"

"어서 미사일을 R-37을 향해 쏴라!"

제이크는 이렇게 놀고 있었습니다.

그때 제이크의 누나 엘르가 말했습니다.

"제이크!, 전쟁 놀이 좀 이제 그만 하면 안 되겠니?"

"전쟁이 얼마나 끔찍한데!"

그렇자 제이크는 이렇게 말했습니다.

"싫어! 전쟁놀이가 얼마나 재미있는데."

"진짜로 전쟁이 일어나면 재미있겠다."

그렇자 엘르는 이렇게 말했습니다.

"제이크, 끔찍한 소리 하지 마. 전쟁이 얼마나 무섭고 두려운지 알기나 해?"

"아 누나 이제 알았으니까, 그만해 이제 지겹단 말이야"

제이크는 자신의 방으로 들어갔습니다.

"전쟁이 무섭다고? 이렇게 재미있는데? 에이 설마 진짜로 전쟁이 무섭기나 하겠어?"

"그러면 만약 전쟁이 일어나면 엄청 무서울까?"

제이크는 눈을 감고 생각했습니다.

제이크가 눈을 떴을 때 거기는 다른 곳이었습니다.

"어? 여……, 여기가 어디지?"

두리번거리고 있는데 한 아이가 다가왔습니다.

"제이크, 여기서 뭐하고 있어? 얼른 싸우러 가야지?"

그 아이는 제이크와 가장 친한 필립이었습니다.

제이크는 너무 놀라 이렇게 말했습니다.

"필립, 여긴 어디야? 왜 너랑 나랑 총을 들고 있는 거지?"

그러자 오히려 필립이 당황하며 이렇게 말했습니다.

"제이크, 너야말로 왜 그러니? 여기는 한국이야. 지금은 북한과 전쟁 중이어서 우리 미국이 도우러 온 거야. 지금 우리는 이제 싸우러 가야해. 너도 어서 총들고 나와."

제이크는 얼떨결에 대답하고 필립을 따라 나섰습니다.

그야말로 전쟁터는 너무나도 참혹했습니다.

산의 계곡물은 피로 물들었고, 온 산 바닥에는 시체가 널려 있었으며, 너무나도 그 모습이 끔찍했습니다.

제이크는 이런 생각이 들었습니다.

"이게 바로 누나가 말하던 전쟁의 모습인가? 누나 말이 맞았어. 전쟁은 정말 끔찍하고 일어나면 안 되는 거야……."

그때 필립이 이렇게 말했습니다.

"제이크, 뭐하고 있어!? 지금 적군이 오고 있단 말이야……. 어서 빨리 총을 쏴야 해!"

"탕!탕!"

제이크는 자신의 바로 앞에서 사람들이 총에 맞아 죽는 것을 보았습니다.

제이크는 너무나도 두려웠습니다.

점차 미군이 밀리고있는 상황이었습니다.

제이크는 필립에게 말했습니다.

"필립! 지금 우리가 밀리고 있어. 지금은 먼저 몸을 피하고 나중에 싸우자! 너와나 너무 많이 다쳤어!"

필립과 제이크는 후퇴하고 있었습니다.

"탕!탕!탕!"

적군이 쏜 총에 필립이 맞아 쓰러졌습니다.

"피……필립, 죽으면 안돼! 어떻게든 살아남아야지!"

"필립, 필립,필립!……."

"헉!"

제이크는 번쩍 일어났습니다.

"허헉……꿈이었구나……. 죽지 않아서 다행이야……."

제이크는 안도의 한숨을 내쉬었습니다.

"누나! 누나! 내가 방금 전에 꿈을 꾸었는데……."

제이크는 누나에게 자신이 꾸었던 꿈에 대해 이야기하였습니다.

"누나 말이 맞았어. 전쟁은 정말 끔찍한 것이었어. 나는 이제 전쟁이 싫어. 다시는 전쟁이 일어나지 않았으면 좋겠어."

엘르가 말했습니다.

"그래, 전쟁은 다시는 일어나서는 안 돼."

"누나 나 있잖아, 외교관이나 대통령이 돼서 전쟁을 막으려는 노력을 기울여 전쟁이 나지 않도록 할래."

운동장

김미선

오늘도 어김없이 혼자 걸어가는 운동장
학교에 남아 청소하고 걸어가는 운동장
친구들과 걷던 곳이라서 운동장이
이리 쓸쓸해 보이는 걸까?

매일매일 친구들과
함께 수다로 물들였던 곳인데
혼자 이어폰으로 노래 들으며
걸으니 쓸쓸하다.

이래서 친구가 중요하고
친구가 있어야 하고
친구를 사귀어야 하나 보다.

짝사랑

김미선

짝사랑은 참 힘들다
그 아이가 나를 봐라 보나?
혹시 누굴 좋아하는 건 아닐까?
그런 마음에 불안해지는 내 마음
나를 바라봐 주고 말 걸어 줄 때면
내 마음 설레

가끔 너와 함께 놀러가는 꿈
너와 전화하는 꿈을 꾸곤 해
이런 꿈들을 너와 하고 싶어

친구

김미선

내가 힘이 들 때 내게 다가온
친구야
나에게 마법을 부린 듯
나를 따스한 위로로 감싸 준
이런 기분 처음이야

가끔씩은 너도 힘들 거야
너도 혼자 슬퍼하지 마
내가 널 힘이 나게 도와줄게

꿈이 많은 나에게
넌 할 수 있어, 다독여 준
고마운 너

내 흔들리는 모습을
보고 바로잡아 준 너
아무 말 없이 날 응원해 준 너

정말 고마워

내가 앞으로 잘할게

고마워, 친구야

도플갱어

유은수

연구원들에게 쫓기는 나는 막다른 길에서 갑자기 심장이 뜨거워지며 심장박동이 빨라진다.

"하아하아하아하아."

나는 심장을 부여잡고는 비틀거리며 저항했다.

"나한테! 뭘 투여한 거야!"

순간 시야가 흐릿해짐을 느낀 난 두 번 눈을 비볐다. 그러자 연구원 중 대장으로 보이는 놈이 말했다.

"드디어 효과를 보이는 건가, 내가 공들인 보람이 있네."

난 내 몸에서 일어나는 이 뜨거운 아픔을 이기지 못하고 그들 앞에서 정신을 잃고 쓰러졌다.

난 역시 연구실에서 깨어났다. 바로 처음 깨어났을 때 난 있는 힘껏 저항하였다

"으아! 날 풀어 줘!"

사슬에 묶여 있던 연약한 손목에 피가 살짝 고이기 시작하더니 내 팔목을 타고 흐리기 시작했다. 나의 몸부림 소리가 들린 것인지 연구원이 들어왔다.

"깨어났군."

난 연구원을 보자 몸을 움직였지만 역시나 풀리지 않는 철사였다.

"진정하라고. 우린 널 해치려 하는게 아니야!"

난 연구원을 째려보고는 말했다.

"날 보내 줘."

그러자 연구원은 옅게 웃으며 말했다.

"오늘 밤 차를 태워서 우리가 널 감시할 도시로 보낼 거야."

"……."

난 저항할 수 없었다. 그 연구원의 웃음이 마치 날 금방이라도 죽일 수 있는 눈빛이었다.

연구실은 차가웠다. 축축하고 습도가 높은 것 같았다. 난 몸이 끈적해짐을 느끼고 곧 불쾌해졌다. 그렇게 한참을 불쾌함 속에서 그들을 기다렸을까, 덩치가 큰 남자들이 와서 쇠사슬을 풀었다. 내 손목은 굳은 피가 진득하게 묻어 있었다. 사실 내 팔은 몸부림의 흔적으로 피투성이였지만 그들이 건들인 건 피를 뽑을 오른쪽 팔 밖에 없었다. 약을 먹이거나 해부를 하지도 않았다. 하지만 난 알 수 있었다. 이 실험이 어떤 끔찍한 결과를 불러올지.

난 검은색 외제차를 타고 어떤 도시로 갔다. 평소엔 오지 않는 외제차를 보고 신기해 하는 아이들이 눈에 띄었지만 덩치가 큰 남자들은 문을 꼭 잠그고 내가 밖도 내다볼 수 없게 만들었다. 연구실에서 얼마나 갔을까, 호화로운 집 한 채가 보였다. 설마설마 했지만 설마가 실제로 일어났다. 그들은 나에게 호화로운 집을 준 것이다. 하지만 이런 집을 가지고 있어도 난 전혀 기쁘지 않고 두려울 뿐이였다. 이 집에는 얼마나 많은 보안 카메라가 설치되어 있을까, 난 경계하고 또 경계하며 집에 들어갔다. 현관은 역시나 넓었다. 예전 부모님과 살던 집하고는 차원이 달랐다. 한 발 두 발 하고 걸어가니 어느 방이 눈에 띄었다. 난 그들에게 그 방을 가리키며 말했다.

"저긴 무슨 방이죠?"

그러자 그들은 웃으며 들어가 보라 했다.

난 무언가 오싹한 기분에 휩싸였지만 이 기분을 떨치고 싶어 난 다가가 문을 벌컥 열었다.

순간 난 그 방에 있던 것을 보고 다리에 힘이 풀려 주저앉았다.

심장이 조여 오는 것 같았고, 날 보고 순진하게 웃는 얼굴이 마치 날 죽일 듯했다.

난 바닥에서 주먹을 쥐었다. 빨간 피가 내 손바닥에 서서히 고여들고 정신병원에 온 것같이 희고 흰 바닥을 붉은색으로 물들였다.

그러자 그 방에 있던 것이 나에게 걸어와 내 손을 만졌다

그러고는 말했다

"손 펴 봐!"

난 당연히 저항했다, 아니 저항할 수 밖에 없었다. 난 지금 아픔보다 더 큰 공포를 느끼고 있던 것이다. 하지만 내 앞에 있는 것은 내 손을 억지로 펴 상처를 보았다. 상처를 보며 그것은 나에게 말했다.

"몸에 상처내는 건 안 좋아. 니가 나랑 똑같이 생겨서 내가 불쾌하단 말이지."

난 한 번도 느낀적 없던 공포에 휩싸여 일어날 수 없었다.

난 뒤돌아 말했다

"차…… 차라리 날 죽여! 날 죽이란 말이야! 도대체 내가 무슨 잘못을 했다고 나한테 이래?"

눈물은 내 뺨을 타고 흘러내렸다. 심장을 부여잡아도 잡은 게 아니였다. 심장은 점점 멀어졌다. 내 손으로라도 심장을 멈추게 하고 싶었다. 내가 지금 겪는 현실이 차라리 꿈이었으면 하고 있는 내 자신도,

어차피 진짜 현실인 걸 자각하고 있는 내 또 다른 자신도 너무 싫다.

난 이쁘게 꾸며진 방으로 들어가게 되었다. 그것도 억지로 말이다. 아기자기하게 꾸며진 방을 보고는 한 번 더 소름이 돋는다. 나는 언제 이 집을 벗어날 수 있는 것인가. 그리고 연구원은 대체 무슨 생각으로 날 여기에 나와 똑같이 생긴 아이와 가둔 것인지. 난 여러 가지 의문을 품은 채 방에 있는 큰 창문으로 떠나가는 차를 바라보았다. 그렇게 나와 또 다른 나의 동거가 시작되었다. 처음 입을 열기 시작한 건 또 다른 나였다.

"이젠 계속 보게 될 건데 왜 이렇게 두려워하니? 내가 두려워하는 모습을 직접 눈으로 보는 거 소름 끼친다."

소름 끼치는 건 내가 하고 싶은 말이다 그녀는 나와 성격이 똑같아 보였다. 그럼 내가 좋아하는 것과 싫어하는 것도 같을까. 난 이 생활을 끝내기 위해 그녀를 관찰하기 시작했다. 일거수일투족 계속 그녀를 관찰했다. 그녀는 나와 하나도 다를 것이 없었다. 다만 다른 건 세상을 모른다. 다만 내가 담은 기억만을 알고 있을 뿐 더 넓게 보지는 못한다. 그것이 연구의 오류인가.

한 3개월 정도 되었을 때 나는 그녀를 받아들이기 시작하였다. 어차피 또 다른 나. 그냥 쌍둥이라 생각하면 되는 것이다. 난 점차 그녀와 이야기 하는 시간이 많아지고 서로의 생각을 공유하기 시작하였다. 관찰을 하면서 알게 된 것은 내가 가지고 있는 분노의 10배 정도를 뿜어 낼 수 있는 전투력, 그녀는 그만한 전투력을 가지고 있다. 그녀는 나의 기억이 들어간 기계이다. 하지만 너무 정교하여 진짜 사람 같은 것이다. 난 그녀에게 자신이 가지고 있는 능력들을 말하기 시작하였다. 이제 난 며칠 뒤 그녀와 이 공간을 벗어나기 위한 작전을 펼칠 것이다.

"그러니까 우리가 같이 여길 빠져나가자고?"

"응."

"흠…… 재미있을 것 같네. 마침 여기 생활도 질리던 참이었어."

사실 세상에 나가면 당연히 이슈가 될 것이다. 그래서 흔적도 없이 연구소를 파괴하려고 한다. 증거가 없게 모조리. 세상에 강한 자가 살고 약한 자는 죽는다. 처음에는 우리가 약한 자였지만 이젠 술래가 바뀌었다. 우린 서로 작전을 짜기 시작했다.

첫 번째, 우리는 서로에게 약한 상처를 주고 연구소 사람들이 오게 만든다.

연구원들도 알고 있을 것이다. 사실 그녀가 이 집 한 채는 물론 이 도시 전체를 날려 버릴 수 있는 전투력을 가졌다는 것을.

두 번째, 연구소에서 연구원들 몰래 그녀의 보호 장치를 가동시킨다.

그녀는 사실 인공지능 로봇과도 같다. 최첨단이라 인간의 감정과 촉감을 가지고 있는 것이다. 관찰은 아주 완벽했다. 내가 머리가 좀 좋지 않았어도 사실은 이런 사건들이 일어나지도 않았을 것 이다. 난 연구원들이 잠깐 부품을 가지러 간 사이 보호 장치를 가동시켰다.

세 번째, 나 혼자 연구실 환풍구를 통해 빠져나오는 것이다.

내가 처음 연구실을 보았을 때 정신은 없었지만 살고 싶다는 의지로 도망갈 구멍을 관찰했었다. 그때 눈에 띄었던 것이 환풍구였다. 10분 안에 환풍구를 빠져나가 안전거리 쪽으로 대피해야 하는 것이다.

내가 환풍구를 나갈 동안 그녀가 시선을 끌고 내가 다 나가 대피하였을 때 그녀는 시작했다.

네 번째, 그녀의 전투력을 상승시켜 이 연구소를 잿더미로 만들 정도의 폭발물을 만든다.

난 안전하게 나가 안전거리로 갔을 때 연구소에서는 폭발이 일어났다. 폭발음이 온 곳에 울리며 바람이 세게 불었다. 난 나무에 기대 걸어나올 그녀를 기다렸다. 폭발 때문에 일어난 먼지들이 흩날리며 잿더미 속에서 유유히 걸어나오는 그녀가 보였다. 난 손을 올리며 그녀와 하이파이브를 하였다.

"게임 클리어."

그녀가 나에게 말했다.

"넌 이제 뭐할 거야?"

난 뭐 할 거냐는 질문에 옅게 웃으며 말했다.

"난 뭐 가족들 품으로 가야지."

그녀가 나에게 그것이 뭐지라는 얼굴로 쳐다보았다.

나는 "아, 맞다. 넌 모르지."라고 하며 손을 뻗었다.

"너도 같이 가자."

그녀는 평소에 한 번도 보여 주지 않았던 표정과 감정, 행동으로 나에게 말했다.

"아, 내가 가도 될까?"

몸을 배배꼬며 부끄러운 듯하면서도 걱정스런 목소리가 섞여 있었다. 그녀는 나를 통해 또 다른 감정을 배운 것이다. 난 그녀에게 웃음을 보이며 말했다

"니가 선택해. 니 혼자 떠날 건지, 나랑 같이 갈 건지."

난 뒤돌아 대답을 듣지도 않고 걸어갔다. 그리고 얼마 정도 갔을 때 중얼거렸다.

"하나."

손을 주머니에 넣은 채로,

"둘."

그리고 살짝 속도를 늦춰서,

"셋!"

뒤에서 누군가가 나의 팔을 잡았다.

"같이 가!"

난 역시 그럴 줄 알았다는 표정으로 "어서 와."라고 그녀에게 말했다

그녀는 태어나 평생 지어 보지 못한 웃음으로 "응!"이라고 말을 하였다.

근데 이젠 진짜 괜찮은 거겠지?

한참 뒤에 연구소 쪽에서 종이 한 장이 펄럭이며 날아간다. 종이는 나무에 걸려 누군가의 손에 들어간다.

"어? 도플갱어?"

들판 위에 앉아

유은수

따스한 햇살이 비추고 도시 속 시끄러운 소리 하나 없고, 벌레 소리와 나뭇잎 소리로 가득 찬 작은 언덕이었다. 구부정한 허리와 지난 세월의 흔적이 보이는 할머니와 할아버지 두 분이 천천히 그 언덕에 올라와 햇빛이 잘 드는 곳에 앉았다.

그리고 지긋이 눈을 감고 햇살의 따뜻함을 느끼고 있다.

그렇게 한참 있다가 할머니가 천천히 입을 열었다.

"영감……. 여기 기억나유?"

그러자 할아버지가 눈가에 주름을 띄우며 활짝 웃으며 껄껄껄이라는 특유에 웃음소리를 내며 말하였다.

"할멈, 아무리 내가 늙었어도 여길 기억 못할까, 껄껄껄."

할머니는 옅은 홍조를 띄우며 옆에 있던 보자기에서 네모난 상자를 꺼내었다.

"영감, 그때 기억 다시 하려고 내가 큰 맘 먹고 준비했수. 받으슈!"

할아버지가 받은 네모난 상자는 사실 옛날 도시락이었다.

그때 그 시절 그때를 떠올려 주는 아주 의미있는 상자였다.

할아버지는 껄껄껄 웃으시며 그 도시락 상자를 떨리는 손으로 열었다.

도시락 상자를 연 순간 할아버지는 웃음과 눈물을 멈출 수 없을 것 같이.

열린 도시락 상자를 바라보고 있었다.

그 모습을 보는 할머니도 자신이 흐르는 눈물을 느꼈을 것이다.

마치 그 시절 그때 그 순간으로 돌아간 것 같은 느낌을 받은 것이 분명할 것이다.

할머니와 할아버지가 느끼는 사랑을 아는 건지 나무에 피어있던 분홍꽃잎이 그때 그 추억을 담고 멀리 멀리 아주 멀리 날아갔다.

할아버지는 흐르는 눈물을 소매를 닦고는 "같이 먹읍시다." 한 마디를 하고는 검은 덩어리를 주름이 자글자글한 손으로 들고는 할머니 입에 넣어주었다. 할머니는 검은 덩어리가 느끼게 해줄 달콤함을 자신에게 느껴지기 전 할아버지 입에 같이 넣어 주었다.

두 분의 입에는 달콤함을 입안에 풍기며 달콤한 사랑을 느끼고 있다.

내가 사랑하는 사람이 주름이 자글자글한 할아버지(할머니)가 되어있어도 이 심장에 느껴지는 뜨거운 감정은 꺼지지 않고 계속 나를 불타게 할 것이다.

가면

유은수

진실이 있다면 거짓도 있다. 하지만 과연 진실이라는 게 존재하는 것일까.

거짓말은 두 개로 나뉜다. 한 개는 선의의 거짓말이고 또 하나는 나쁜 거짓말이다.하지만 사람들은 선의의 거짓말을 진실이라 믿는다. 아니 믿을 수박에 없는 것이다.

누군가 어떤 애가 너한테 거짓말(선의의 거짓말)을 했다고 알려 주지 않는 이상 누가 어떤 말을 하든 진실이 될 수박에 없다.

한 여자아이가 숲 언덕에 앉아 노을을 바라보고 있다. 그리고 뒤로 토끼가 지나간다.

"늦었어, 늦었어."

그 여자아이는 말하는 토끼를 보고 말한다.

"토끼는 항상 바쁘구나."

토끼는 여자아이를 보고는 씨익 웃고 저 멀리로 뛰어간다. 여자아이는 순진하게 일어나 옷에 묻은 흙을 탈탈 털고 토끼를 따라간다. 숲으로 처음 들어갔을 때는 빛이 밝게 들어와 앞이 보였지만 점점 토끼를 따라 들어갈수록 숲은 어두워지고 토끼의 몸은 검은색으로 변하고 있는 것을 보았다. 여자아이는 무언가 이상하다는 것을 느끼고는 그 숲을 나가려 했지만 숲은 여자아이가 나가려 하는 것을 알아채고 못가게 길을 막았다. 여자아이는 눈물을 떨어뜨리며 도움을 요청하였다. 하지만 시간이 지나도 그 누구도 여자아이를 찾거나 구하러 오지 않았다. 얼마나 지났을까, 겁에 떨고 있는 여자아이에게 검은 토끼가 다가와 말했다.

"늦었어, 늦었어."

여자아이는 무서움에 차마 눈을 뜨지 못하고 토끼에게 말했다.

"대체 뭐가 늦었다는 거야!"

그러자 검은 토끼가 말했다.

"니가, 나가기는 늦었어."

여자아이는 이해를 못한다는 듯이 말했다.

"그게 뭔 소리야?"

검은 토끼는 한심하다는 듯 한숨을 쉬고는 말했다.

"인간들은 하나같이 몸 속에 또 다른 사람이 더 있어. 이 숲은 너의 인격체가 살고 있는 곳, 어둠이라는 곳이야. 이곳에서 있는 너의 가면과 합체하지 않는 이상 넌 니가 살고 있는 곳으로 가기 어려울 거야."

여자아이는 울며 말했다.

"말도 안 돼!"

검은 토끼는 흰색과 검은색이 섞인 가면을 폴짝폴짝 뛰어가 가져왔다.

가면에는 은하수같은 별들이 돌아다녔고 무언가 이 가면을 쓰면 영영 못 벗을 것 같았다.

하지만 써야만 이 어둠을 벗어날 수 있다는 생각에 떨리는 손으로 가면을 집어들었다.

그리고 그것을 쓸 때 여자아이는 이상한 목소리가 들렸다.

"나와 합체해서 다행이야, 앨리스.

문성중학교

기도은 _ 행복 나무
김삼하 _ 소꿉친구
김현석 _ 할아버지의 시계
신소희 _ 성城과 폭탄
내 맘대로
전사라 _ 웽웽웽
방학
천한서 _ 동생
비
불과 물

행복 나무

기도은

민둥산 밑에 작은 마을이 있었습니다. 그 마을에는 고아인 아이들과 할아버지 한 분이 살고 있었습니다. 할아버지는 항상 아이들에게 이야기를 들려주시곤 했는데, 하루는 할아버지께서 이런 이야기를 들려주셨습니다.

"판도라의 상자를 열자, 무서운 것들이 튀어나왔단다. 질병, 공포, 온갖 좋지 않은 감정들까지 튀어나와 세상을 혼란스럽게 만들었지. 그런데 상자 맨 밑에 무언가 빛나는 것이 있었단다. 그건 바로 희망과 사랑, 그리고 행복이었지."

옹기종기 모여 이야기를 듣던 아이들 중 한 아이가 손을 번쩍 들었습니다.

"오냐, 무엇이 궁금하니?"

할아버지가 책을 덮으며 말했습니다.

"할아버지, 그럼 희망과 사랑, 그리고 행복은 어디 있나요?"

할아버지는 잠시 고민하더니 벌떡 일어나서 집으로 들어가셨습니다. 그리고 잠시 뒤, 작은 가방을 들고 나오셨습니다. 할아버지는 가방을 아이들에게 보여 주며 말했습니다.

"바로 여기에 있단다."

아이들은 눈을 동그랗게 뜨며 할아버지에게 다가갔습니다.

"할아버지, 한번 열어 보면 안 돼요?"

"응, 그래라."

한 아이가 가방을 열었습니다. 그러자 아이들은 더 가까이 다가와 가방 속을 들여다보았습니다.

"어, 이건?"

한 아이가 소리쳤습니다. 가방 맨 밑바닥에는 작은 씨앗들이 흩어져 있었습니다. 아이들은 씨앗과 할아버지를 번갈아 보았습니다.

한 아이가 씨앗을 손에 쥐고는 말했습니다.

"할아버지, 이 씨앗은 뭐예요?"

"그 씨앗이 바로 행복이란다."

아이들은 씨앗을 다시 가방에 넣어 할아버지께 드렸습니다. 머리를 갸웃거리는 아이들도 있었고, 투덜대는 아이들도 보였습니다.

다음 날, 할아버지가 갑자기 도시로 떠났습니다. 아이들은 사라진 할아버지를 찾아 마을 근처를 돌아다녔지만 할아버지는 벌써 떠나고 계시지 않았습니다.

"우리가 어제 너무 버릇없게 굴어서 떠나신 걸까?"

아이들은 이런 저런 상상을 하며 걱정했습니다.

시끄럽던 마을은 조용해졌습니다. 하지만 평소 할아버지를 유독 따르던 몇몇 아이들은 시끄러웠습니다. 아이들은 할아버지가 떠난 뒤에도 매일 아침마다 모여 이야기를 나눴습니다.

어느 날, 한 아이가 말했습니다.

"할아버지는 아무 미련도 없으신 걸까? 우리는 이렇게 서운하고 슬픈데, 할아버지는 우리가 보고 싶지도 않으신 걸까?"

하루는 할아버지 집에 들어가 보았습니다. 편지라도 있을까 하는 생각이 들었기 때문입니다.

할아버지의 집은 깨끗하고 조용했습니다. 그리고 군데군데 쌓인 먼지와 함께 아이들과 찍은 사진들이 책상 위에 놓여 있었습니다.

"애들아, 저 가방 알지?"

한 아이가 구석에 있는 가방 하나를 발견했습니다. 씨앗이 들어 있던 가방이었습니다.

가방 안에는 씨앗과 함께 손바닥만큼 작은 마을 지도가 하나 들어 있었습니다. 아이들은 지도를 책상 위에 올려놓고 자세히 보았습니다. 마을 지도 왼쪽 구석 아래에 X가 커다랗게 그려져 있었습니다.

"이것 봐! X가 그려진 곳에 뭐가 있는 것은 아닐까?"

"그래, 어쩌면 보물이 있을지도 몰라!"

"우와, 보물이 찾으면 우리 모두 부자가 되는 거야?"

아이들은 할아버지가 놓고 간 커다란 삽을 하나 챙겼습니다. 그리고 코를 흘려 막내 취급을 받던 한 아이는 씨앗을 자신의 호주머니에 넣었습니다.

X가 그려진 곳은 마을 뒷산이었습니다.

산은 생각보다 높았습니다. 산을 오르던 아이들은 힘들다며 하나 둘 집으로 돌아갔습니다. 또 산 정상에서도 X자가 그려진 곳을 찾는 것이 쉽지 않았습니다.

"에이, 뭐야! 아무것도 못 찾겠어!"

"맞아, 보물은 무슨 보물!"

"배고프다, 집에 가서 밥 먹자!"

모두가 돌아갔습니다. 하지만 씨앗을 가져온 아이는 포기하지 않았습니다. 그러고는 정상에서 땅을 판 뒤 씨앗을 심고 물을 충분히 주었습니다.

'할아버지, 마을로 돌아오실 거죠?'

아이는 산 아래로 바삐 내려갔습니다. 그리고 매일 혼자 산에 올라와 물을 주었습니다. 그러나 언제부터인가 아이는 올라오지 않았습니다. 아이는 어느새 어른이 되어 버렸기 때문입니다. 하지만 물을 주지 않아도 나무는 잘 자랐습니다.

"있잖아, 너 그 할아버지 기억나?"

"그럼 기억나지. 우리들을 아주 예뻐하셨잖아."

아이들은 어느새 어른이 되어 모였습니다. 그러나 어릴 때와는 달리 모두가 지쳐 보였고, 모두가 행복해 보이지 않았습니다. 모두가 하나, 둘 할아버지의 이야기를 하기 시작했습니다. 그리고 할아버지의 이야기를 하던 중 마을에 가 보자는 이야기가 나왔습니다.

"이미 아무도 살지 않아서 집은 다 무너져 내렸을걸."

"그래도 가 보자."

모두가 버스를 타고 마을로 갔습니다. 생각보다 마을은 멀었습니다. 그리고 오랜만에 본 마을 입구는 좁디좁은 오솔길이 되어 있었습니다. 그런데 어디선가 할아버지의 목소리가 들리는 것만 같았습니다.

그리고 모두 보았습니다. 산 정상에 있는 핀 분홍빛 나무와 울창한 숲을 말이지요.

"세상에……, 이 산이 이렇게 아름다웠었나?"

"그러게 말이야. 우리 어렸을 때는 민둥산이었잖아."

"꼭 마법 같아."

모두가 놀라 한 마디씩 말했습니다.

다음 날, 모두가 마을로 하나 둘 들어와 집을 짓기 시작했습니다. 바람 소리만이 가득했던 마을에는 다시 웃음이 가득 피어났습니다.

아무도 이야기하지 않았지만 그들은 알고 있었습니다. 자신들의 마을에 행복 나무가 살고 있다는 사실을 말이지요.

소꿉친구

김삼하

1

"지금 내가 뭘 듣고 있는 거야."

이곳 사람들은 모두 말끝에 아멘을 붙인다. 그렇다, 나는 지금 친구 송이에게 끌려서 교회에 왔다. 송이네 가족은 매주 교회에 간다. 송이 말에 의하면 오늘 교회에 나오면 문화 상품권을 준다고 했다.

나는 중학교 3학년이고 성격은 다혈질인 여자이다. 그리고 오늘 아침에는 송이 덕분에 교회에 나와 전도사님의 느끼한 말소리를 듣고 있다.

"아멘, 자 오늘은 새로운 친구가 왔습니다. 친구는 이름이 뭐에요?"

나는 어려서부터 유독 남 앞에 나서기를 싫어한다. 하지만 지금은 방법이 없다, 내 소개를 할 수 밖에.

"남현우예요."

말하려던 찰나 뒤쪽에서 중저음의 남자 목소리가 들렸다. 뒤를 돌아보니 친구들끼리 키득키득 웃고 있는 것이 남현우라는 아이도 친구를 따라 온 모양이다.

뭐야, 왜 자기가 먼저 말해. 근데 지금 말할까? 내 이름을 지금 말해야 할지 말아야 할지 고민이다. 괜히 지금 말했다가 분위기가 어수선해지는 것은 아닌지.

"남현우 학생을 주말에 보내 주신……."

하늘에 고마움을 표하는 교회만의 방식은 알다가도 모르겠다. 다음 주에도 나온다는 보장이 없는데 말이다. 그런데 한참을 있어도 내 이름은 물어보지 않는다. 나는 안중에도 없다는 말인가.

예배가 끝나고 나오는데 아까 그 남현우란 아이가 서 있다. 친구들을 기다리는 모양이다.

"안녕!"

뭐지 갑자기 왜 말 걸지? 수줍어 하는 걸 보니 나쁜 아이는 아닌 것 같다.

"저기?"

다시 남현우가 입을 열었다.

"아, 말해."

나는 아무렇지도 않은 듯 대답했다.

"교회 안 다녀 봐서 모르는데 몇 시에 끝나?"

"나도 오늘 처음 와서 몰라."

남현우라는 애는 처음 본 사람한테도 스스럼없이 말을 잘 건넨다. 나 같았으면 말도 못 붙였을 텐데.

그런데 가까이서 보니 잘생겼다. 키는 180이 넘어 보이고 흔히 말하는 어깨 깡패에 비율도 좋다.

2

"야야, 거짓말을 하려면 적당히 해."

"아니라고 몇 번을 말해!"

송이와 어제 교회에서 있었던 일을 이야기했다. 그런데 송이는 거짓말이라며 윽박지른다. 아무래도 송이는 내가 지금 연애 소설을 쓰고 있다고 생각하나 보다.

"김수진한테 무슨 남자야, 그리고 연예인한테도 관심 없던 애가 뭐 꽃미남?"

얼굴이 빨개진 나는 어서 빨리 선생님이 오시길 바랐다.

"자자, 다들 조용히 해. 분위기들이 왜 이렇게 어수선해?"

문을 밀고 담임 선생님이 들어오셨다.

"그리고 오늘 우리 반에 전학생이 왔다. 자, 들어와."

마음 속이 요동침이 느꼈다. 아, 얼마 만에 새로운 친구냐.

드디어 전학생이 들어온다.

"소개 좀 해봐라"

선생님이 말했다.

"남현우예요."

어, 설마? 저 아이는 어제 교회에서 본 애다.

"그래. 너는 저기 빈 자리에 가서 앉도록 해라."

"네."

남현우는 내 옆으로 성큼성큼 지나간다. 갑자기 남현우가 내 뒤에 있다고 생각하니 긴장이 된다.

"큼큼……."

뒤에서 남현우가 헛기침을 하며 내 등을 손가락으로 툭툭 건드린다. 아, 설마 날 알아본 건가…….

"무슨 일?"

나는 일부러 눈웃음을 치며 말을 또박또박 말했다.

"내가 아직 학교를 미처 못 둘러봐서 그런데 학교 구경 좀 시켜줄래?"

"그래. 좀 이따 점심 시간에."

수업을 듣는 게 아니다. 자꾸 남현우가 신경이 쓰여 죽겠다. 시간이 멈춘 듯 지루하기 짝이 없지만 그래도 시간은 간다고 점심 시간이 되었다.

수업이 끝나고 종이 치자마자 남현우는 기다렸다는 듯이 말을 걸었다.

"자, 이제 가자."

"밥은 안 먹어?"

설마 나한테 점심 시간 전부를 자신한테 투자하라는 건 아니겠지.

"보통 학교 급식 맛 없어서 매점에서 사 먹지 않아? 학교 돌고 매점 가자."

"저희 학교는 매점이 없어서 죄송하네요. 난 밥을 포기할 수는 없어서 미안하지만 여기서 이만."

"학교 밖에 분식집이라도 가든가. 뭐야, 그것도 안 되는 거야?"

"네. 안 됩니다요. 혼자 실컷 나가 보세요. 교문 앞에 누가 서 있는지."

하지만 남현우는 그저 내 얼굴을 보며 웃고만 있다.

"그럼 오늘 하루만이다? 나 원래 급식 꼬박꼬박 먹는단 말이야."

내가 미쳤다. 아무리 잘생긴 사람이 좋다 해도 이건 아닌데.

"따라와, 1층부터 알려 줄게."

"응, 알았어."

계단을 내려가 1층 도서관에 도착했다. 우리 학교 시설 중에 가장 좋은 시설은 모두 도서관에 있다.

"들어가도 돼?"

"당연하지. 구경해."

문을 밀고 들어가 보니 익숙한 도서실 풍경이 보였다. 조용한 걸 보니 학생도 없고 사서 선생님마저 잠시 자리를 비우신 모양이다.

"저쪽이 문학책 코너야."

문학책 코너 쪽을 가리키며 내가 말했다.

"김수진. 근데 집에 가서 기도했어?"

"뭐라고?"

"기도했냐고? 너 교회에서 나 봤잖아. 근데 왜 아는 척 안 해?"

"그, 그건 뭐……, 근데 내 이름 어떻게 알아?"

"바보야? 너 지금 명찰 달고 있잖아."

나는 느낄 수 있었다. 이미 내 귀와 볼이 빨개졌다는 사실을.

3

나의 어릴 적 기억은 사라졌다. 마치 딱딱한 거북 등이 내 머릿속을 덮은 것처럼 기억이 사라진 것이다.

사실은 그놈의 축구공이 내 기억을 지워 버렸다. 축구공을 맞은 뒤 일부 기억이 손상되었다고 의사가 말했다.

내 지갑 속에는 어릴 때 사진이 들어 있다. 나도 작은 아이지만 나만큼 작은 남자애가 내 옆에 서 있다.

이상하다, 다른 것은 잘 기억이 나지 않는데……, 나를 졸졸 쫓아다녔던 조현우는 내 기억 속에서 지워지지 않았다.

사진 속 남자아이 이름은 조현우다. 사실은 전학생의 이름을 듣고 깜짝 놀랐다. 조현우, 남현우……, 성은 다르지만 이름은 똑같다. 그리고 얼굴도 똑같다. 그런데 성은 왜 다를까?

"김수진, 같이 가자."

남현우는 이제 내 어깨를 잡고 눈웃음을 친다.

"넌 친구가 없니? 왜 나한테 계속 말 걸어?"

"네가 친구가 아니면 뭐냐, 자, 얼른 힘 빼지 마시고 갑시다."

"못 말려. 남현우, 너 설마 내일도 이럴 건 아니지?"

"그럴 건데? 매일매일 귀찮게 굴 건데?"

당분간 피곤해질 것 같은 기분이 드는 건 착각인가.

앗, 근데 송이가 뒤에 있다. 송이는 뭐든 나와 함께 하는 것을 원한다. 아니 사실은 질투로 똘똘 뭉쳐 있다. 내가 갖고 있는 건 자신도 가져야 한다. 그야말로 내가 잘 되는 꼴을 못 본다. 그래서 송이를 좋아하는 친구들이 많지 않다. 하지만 난 별로 신경 쓰지 않는다. 그런 일에 일일이 신경 쓰고 해결하려고 노력하는 시간이 아깝기 때문이다.

"어, 김수진?"

이런, 다시 남현우다.

"안녕……."

살짝 웃는 척을 해보지만 속은 별로 내키지 않았다. 남현우랑 다니면 같은 학교 애들이 힐끗 쳐다본다. 하긴 지금 아이들은 남현우란 새로운 얼굴에 다들 눈을 밝히고 있다.

"수진아, 앞으로 등교도 같이 하면 되겠다."

뭐, 등교를 같이 하자고?

"어, 그래. 네 맘대로 다해."

정작 말은 생각과 다르게 나오지만 말이다.

체육 시간을 보내고 난 뒤 반에 와 보니 가방이 열려있다. 그리고 감쪽같이 지갑이 사라졌다.

"아, 어떡해. 돈이랑 학생증 다 있는데……. 진짜 어떤 애인지 걸리기만 해봐."

울상을 짓고 있는데 송이가 다가왔다.

"무슨 일인데?"

"어떤 애가 지갑 훔쳐 갔어."

"어떤 애인지는 몰라도 진짜 미쳤네."

"내 말이. 진짜 짜증나."

한 번도 이런 일이 없었다. 또 나 말고도 지갑을 잃어버린 아이가 없다. 내가 처음 당한 일이다. 그런데 5교시가 끝난 뒤 정말 거짓말같이 지갑이 내 가방에 있다. 이건 또 무슨 황당한 일인지.

"지갑이 다시 돌아왔어."

"무슨 소리야? 아까 잃어버렸다고 했잖아."

송이가 눈을 동그랗게 뜨고 물었다.

"아냐, 아까 분명히 없었어. 그런데 지금 보니까 다른 건 다 있는데 사진 한 장이 없어."

"네가 애지중지하는 그 사진만 없어졌다고?"

지갑에 넣고 다니는 사진은 수진도 잘 알고 있다. 그리고 사진 속 남자아이가 내 첫사랑이었다는 것도 말이다.

종이 울렸다. 오늘 학교 수업도 이걸로 끝이다.

힘이 빠졌다. 학교를 나와 정문 쪽으로 가는 길에 남현우가 서 있는 게 보인다. 아무래도 날 기다리는 것 같다.

"야, 조현우."

어? 방금 무슨 소리를 들은 거야? 다른 교복을 입은 남자애가 남현우를 보고 외쳤다. 그리고 둘은 친하게 이야기를 나눈 뒤 곧 헤어졌다.

"수진아, 같이 가."

남현우가 다가와 아는 척을 한다.

"근데 지금 방금 간 애가 너한테 조현우라고 하는 거 같던데……."

나는 남현우 눈치를 살피며 물었다.

"내 옛날 이름이야. 예전에는 조현우였는데 지금은 성을 바꿔서 남현우야."

"왜 바꾼 거야?"

"어머니가 재혼하셔서 바뀐 거야."

"미안. 괜한 말 꺼냈다. 그런 줄도 모르고……."

"아니야. 신경 쓰지 말고 얼른 집 들어가."

나는 들어오자마자 앨범을 찾았다. 맞다, 이 뻔뻔하기 짝이 없는 남현우가 내 사진 속 조현우다.

대박이다. 어떡해. 내가 옛날 친구라는 사실을 조현우는 알까?

4

몰랐는데 송이가 현우에게 애프터를 받아 어제 데이트를 했다고 한다. 그리고 이 사실은 벌써 반 전체에 소문이 났다.

뭐야? 나한테 관심을 보이더니 송이한테? 헛웃음밖에 나오지 않는다. 이런 기분 어떻게 설명하지? 아니면 나 혼자 설레며 좋아한 거야?

창피하기도 하고 배신감도 든다. 그래서 나는 조현우, 아니 남현우한테 이야기를 하지 못했다. 내가 네 어릴 적 소꿉친구였다는 사실을 말이다.

그런데 오늘 송이 얼굴이 이상하다. 5교시가 끝나자마자 현우가 부른다.

"너 이거 잃어버렸지?"

잃어버린 사진이다.

"너 이거 어디서 났어?"

나는 놀라 사진을 낚아채듯 잡았다.

"거기 사진 속에 있는 애가……, 나란 거 너 알지?"

세상에? 현우는 알고 있으면서 날 속인 거다.

"너 왜 나한테 먼저 아는 척하지 않았어? 응? 왜?"

나는 창피한 마음에 그만 소리를 지르고 말았다.

"나는 네가 먼저 날 알아 볼 거라 생각했거든. 근데 김수진, 넌 계속 알아보지 못하더라."

이제 현우는 씩 웃으며 말했다.

"근데 이 사진은 왜 네가 갖고 있는 거야? 설마 내 지갑 훔친 건 아니지?"

"아냐, 송이가 이 사진 가지고 와서 하는 말이, 사진 속 여자아이가 자기라나. 나 참 웃겨서."

"뭐?"

나는 믿겨지지 않았다. 다른 사람도 아닌 송이가 지갑을 훔쳤다니. 그리고 사진 속 나를 자기라고 말하며 다녔다니.

"그러면서 송이가 옛날부터 자기랑 나랑 친구였으니까 사귀자고 하더라. 자기가 김수진이래, 하하!"

"그게 사실이야?"

"그럼 내가 거짓말 하냐?"

이제 현우는 심각하게 이야기를 하고 있다.

"송이가 질투가 많은 건 알았지만 이건 아니야."

"오해하지 마. 송이가 먼저 보자고 했어. 사진 보여 주면서. 그런데 그게 우리가 데이트한다고 소문난 거야."

현우가 억울한 얼굴로 이야기를 한다. 하지만 내 속은 엉망진창이다. 현우를 만난 건 기쁘지만 난 어처구니없는 일을 당한 것이다.

"그리고 김수진, 나 서운해."

"뭐가?"

"네 친구 송이는 너보다 먼저 사진 속 남자애가 나인 줄 알고 그런 짓을 벌였는데 넌 왜 가만히 있었어?"

"그건……, 비슷하다고 생각했지만……, 아니 확실히 너라고 생각했지만……, 난 옛날 김수진이 아니라고."

나는 말할 수 없었다. 정말로 현우가 송이랑 데이트를 하고 있다고 생각했기 때문이다. 그리고 내가 벌써 이만큼 커서 쉽게 말할 수 없었다는 사실을 고백할 수 없었다. 다시 내 얼굴은 홍당무처럼 빨개졌다.

5

"수진아."

엘리베이터에서 문이 열리자마자 기다렸다는 듯이 현우가 날 부른다. 이제는 아침마다 날 기다리는 것이 당연한 듯 현우는 그렇게 내 앞에 서 있다.

"그거 알아?"

현우가 웃으며 물었다.

"뭔데."

나도 이제 자연스럽게 웃으며 물었다.

"사실은 어렸을 때 너보다 내가 더 너 좋아한 사실?"

"정말?"

"그리고 또 옛날부터 너만 바라봤다는 사실."

"뭐야……."

"또 내가 지금도 많이 좋아한다는 거."

"아, 뭐야……."

"뭐긴 뭐냐? 나 지금 김수진한테 고백하고 있잖아. 그러니까 수진아 나랑 사귀자."

벌써 겨울이다. 그 더웠던 여름이 지난 것도 모자라 가을도 지나고 겨울이 된 것이다.

얼른 나와 집 앞이야.

현우 문자다. 오늘 따라 현우 얼굴 보는 것이 더욱 두근거린다.

"현우야!"

"왔어?"

"자, 이거 받아."

현우가 붉은빛을 띠는 목도리를 건네준다. 현우도 같은 목도리를 하고 있다.

"이런 걸 어디서 샀어? 설마 직접 짠 거야?"

"수진아."

"응?"

"나 너, 많이 좋아해."

"오, 목도리 하나 주면서 별 말을 다 하네!"

말은 이렇게 하지만 현우는 이 세상 어떤 남자보다 멋있다.

"수진아, 앞으로도 내 옆에 쭉 있어 줘. 어디 가지 말고."

"어디 안 가. 그러니 너도 내 옆에 있어."

"진짜 많이 좋아해. 수진아."

"응. 나도……."

이건 또 뭐람? 눈이 내린다. 현우 이 녀석, 오늘 첫눈이 내린다는 사실을 알고 있었나?

할아버지의 시계

김현석

할아버지가 돌아가셨다. 할아버지는 나의 친구 같은 분이셨다. 어머니는 할아버지께서 나에게 손목시계를 남기셨다고 말씀하셨다.

시계를 받은 나는 눈물이 쏟아졌다. 할아버지의 장례식이 끝나고 나서야 시계에 대한 궁금증이 생겼다. 할머니께 물어봤지만 할머니께서는 무슨 시계인지 모르신다고 하셨다. 어머니께도 여쭤 봤다. 하지만 어머니도 할아버지가 돌아가시기 전에 나에게 주라고 한 말 밖에는 모른다고 하셨다.

집에 와서도 시계 생각만 하다 잠이 들었다.

아침이 되어 학교에 갔다. 학교에는 내 친구가 없다. 그래서 나는 급식도 혼자 먹는다. 나는 매일 학교가 빨리 끝나길 기다렸다.

집에 와서 나는 할아버지의 시계를 다시 찬찬히 살펴보았다. 시계는 보통 시계와 다름이 없었지만, 할아버지의 유품이기에 좋았다.

다시 아침.

발걸음이 무거웠다. 학교가 지긋지긋했다.

수업 시작하기 5분 전, 머리 위로 무엇인가 떨어졌다. 쓰레기였다. 뒤에서 아이들이 낄낄대고 웃는 소리가 들렸다. 쉬는 시간이 되어 화장실을 다녀오니 책상은 욕과 낙서로 가득했다. 다시 또 쓰레기가 날아왔다.

내 주위는 쓰레기장이 되어 있었다. 역시 어제와 마찬가지로 수업이 빨리 끝나기를 기다렸다. 종소리가 울린다. 나는 빠른 걸음으로 집에 갔다. 그리고 나서 방구석에 처박혀 울었다.

나는 왜 살지? 그리고 아이들은 왜 나를 괴롭힐까?

그때 소리가 났다. 철컥, 철컥!

시계였다. 책상 위에 놓인 시계가 소리를 내고 있었다.

나도 모르게 조그맣게 중얼거렸다.

"할……, 아버지?"

신기했다.

시계 속에서 할아버지 목소리가 들렸다.

"감자야, 많이 힘들지. 이 할아비가 다 안다."

감자는 내 별명이다. 머리가 동글동글해 감자를 닮기도 했지만 할아버지는 삶은 감자를 아주 좋아하셨다.

나는 무엇에도 홀린 듯 중얼거렸다.

"할아버지, 모두 왜 저를 괴롭힐까요? 제가 무슨 잘못을 했다고요."

"할아버지가 늦게 알아서 미안하구나, 감자야. 내가 죽기 전에 알았어야 하는데……."

"아니에요, 할아버지가 지금이라도 알아주셔서 감사해요."

"감자야, 그런데 그 사실을 숨기기보다 부모님이나 선생님께 말해 보는 건 어떠니?"

"그건 어려워요."

"감자야, 무슨 일이든 간에 너와 가장 친한 사람에게 알려야 한다. 그래야만 문제를 더 빨리 해결할 수 있어."

나는 아무 대답도 할 수 없었다. 사실은 너무도 말하고 싶었지만 머리가 복잡했다. 사실은 마법처럼 모든 일이 풀리기 밤마다 기도했다.

"어서 일어나 학교 가야지!" 엄마가 주방에서 소리쳤다. 하지만 나는 일어나지 않았다. 몇 번을 침대에서 이리저리 뒹굴기만 했다.

"안 일어나?"

엄마가 이제 방으로 들어와 소리쳤다.

나는 대답 대신 엄마 얼굴을 멀뚱히 쳐다보았다.

"왜? 어디 아파?"

"그게 아니라……."

나는 우물거리며 대답하지 못했다.

"왜 대답 못 해?"

"엄마!"

"그래, 말 해."

"사실은……."

그냥 울고 말았다. 처음에는 훌쩍였지만 나중에는 소리를 내어 울었다. 엄마는 놀라 처음에는 눈을 동그랗게 뜨고 나를 봤지만 곧 침대 앞에 쭈그리고 앉아 나를 꼭 안아 주었다.

"좀 쉬었다가 학교 가도 괜찮아."

저녁을 먹을 때 아빠가 말했다.

"네?"

나는 깜짝 놀라 아빠를 바라보았다.

"엄마한테 이야기 들었어. 애들이 너 괴롭힌다고."

"나는 잘못한 거 없어, 아빠……."

조그만 목소리로 고개를 숙이고 말했다.

"그럼 됐어. 오늘은 푹 자고 내일 아빠랑 어디 좀 가자."

"어디?"

"할아버지 보러."

"할아버지?"

"아빠는 어렸을 때부터 힘든 일 생기면 할아버지한테 물어봤어. 그런데 지금 어려운 일 생겼잖아. 할아버지 산소에 가서 할아버지께 여쭤 보자. 그럼 할아버지가 대답해 주실 거야."

"아빠……."

나는 다시 눈물이 꽉 차 올라 말을 하지 못했다.

"준비 되었니?"
아빠가 현관에서 불렀다.
나는 얼른 할아버지 시계를 손목에 찼다. 그리고 소리쳤다.
"할아버지! 아니, 아빠 지금 나가요!"
어젯밤, 다시 할아버지는 내게 작은 목소리로 말했다.
"감자야, 용기를 내렴. 넌 누구보다 강한 아이야."

성城과 폭탄

신소희

사람은 서로 믿음으로 가까워지지만
의심함으로 멀어진다.
그것은 마치 뫼비우스의 띠와 같이 무한반복 된다
의심을 한 순간
서로에 대한 믿음은 무너져 내린다
한번 무너져 내린 믿음은
계속 의심을 불러일으킨다

믿음이란 성은
의심이란 폭탄에 의해 무너진다
그리고 그 성은 한번 무너지면
새로 짓기 힘들다
짓는다 해도 믿음의 성은 거짓으로
이루어질 것이다
폭탄을 막아 내고 성을 지켜 내는
방패 같은 사람이 되자

내 맘대로

신소희

뚱뚱하면 뚱뚱하다고 욕하고
마르면 살 좀 찌라고 욕하고
많이 먹으면 돼지라고 욕하고
적게 먹으면 내숭떤다고 욕하고
못생겼으면 못생겼다고 욕하고
예쁘면 성형했다고 욕하고
나쁘면 나쁘다고
착하면 착한 척한다고
어차피 뭘 해도 욕먹을 거면
그냥 내 맘대로 살래

웽웽웽

전사라

모기가 날아다니고 있어요.
우리 같이 모기를 따라가 볼까요?
웽웽웽
앗! 모기가 어디로 가는 걸까요?
아하, 아이를 따라 아이의 집으로 가네요

모기는 밤이 되길 기다렸어요.
딸깍, 부스럭, 부스럭
아이가 잠잘 준비를 하자 모기가 슬슬 나왔어요
"으음 나는 다리가 제일 맛있더라!
그 다음 팔!"
웽웽웽

"아! 모기 소리 때문에 잠을 잘 수가 없어."
어머! 모기 소리 때문에 벌써 아이가 깨어났네요
웽웽웽
"한 번만 더 나오면 모기 너를 위해 준비해 둔 것이 있지!
바로 전기 모기채!"
아이가 모기를 잡으려 벼르고 있네요

휴, 다행이 모기가 빠져 나왔어요
"요즘 애들은 다 저렇게 무서운가 봐!"
모기의 하루는 이렇게 끝이 나네요
그나저나 모기 넌 왜 피를 마시니?
"흥, 그야 목이 마르니깐!"

방학

전사라

방학에 무엇을 할까?

여름 방학 때는 시원한 계곡을 찾아 가고
머리가 띵해지는 얼음 빙수를 먹어야지
참, 달달한 수박하고 참외도 먹을 거야
그리고 밤하늘의 별을 보며
가족과 함께 캠핑하는 것도 좋아
와, 벌써부터 기대 되는 걸!

겨울 방학 때는 따뜻한 이불 속에서
귤을 까 먹으며 영화도 보고
따뜻한 코코아랑 군고구마, 군밤도 먹을 거야
참, 얼음 위에서는 스케이트도 타고
보송보송한 눈 위에서는 스키도 타야지
펑펑 눈이 오면 동생들이랑
귀여운 눈사람도 만들면서 신나는 눈싸움도 해 봐야지
그리고 눈 위에 내 발자국도 찍어 보고
나만의 독특한 그림도 그리면서
포근한 눈 위에 누워 볼 테야

생각해 보니 하고 싶은 게 너무 많네!

언제 다 해 보지?

방학이 빨리 됐으면 좋겠다

동생

천한서

부모님께 어리광부리고 나에겐 대들기만 하는 그 아이가 싫다
그래서 내 주위에서 사라졌으면
하는 나쁜 생각도 한다.

가끔은 이런 동생이 싫지만
하나뿐이기에 참는다
잘못을 용서해 주고
칭찬을 해주며
나와 닮은 얼굴을 가진 그 아이를 보살펴야 한다

싫지만
밉지만
언젠가는
나를 좋아해 줄 것 같기도 하니까

비

천한서

비가 많이 내린다.

어떤 사람은 비가 많이 내리는 오늘이 싫다고 한다
차가 지나갈 때 튀는 빗물 때문에 옷이 젖어 싫고
물웅덩이에 신발이 푹 빠지는 것도
우산이 없어 홀딱 다 젖는 것도 싫다고 한다

하지만 어떤 사람은 비가 많이 내리는 오늘을 좋아한다
물을 안 줘도 화단의 꽃은 쑥쑥 자라고
창가에 앉아 듣는 빗소리는 꼭 피아노 연주 같다나?
또 자동차는 빗물로 혼자 목욕을 하니 세차를 하지 않아 좋다고 한다

나는 비를 싫어하는 사람일까?
아니면 비를 좋아하는 사람일까?
그런데 비는 언제 또 내리지?

불과 물

천한서

우리는 서로 달라요
성분부터 생김새까지 매우 달라요

하지만 우리는 서로 멀리하지 않아요
다르다고 밀어 내지 않아요
왜냐하면 서로가 필요한 소중한 존재이니까요

불이 감정을 못 이겨 화를 낼 때
달려가 끌어안으며 식혀 주는 것이 물이고
마음이 차가워진 물이 얼어 버릴 때
불은 뜨거운 사랑으로 물을 녹여 주기 때문이에요

문일중학교

권유상 _ 가족

박상원 _미래 일기, #759 기록

양병훈 _ 주식 왕 주대박

이종승 _ 오존층 수리공

임근태 _ 결핍자

한지훈 _ 상벌 제도에 대하여

가족

권유상

나는 이 글을 쓰면서 가족은 자석과 비슷하다고 생각했다. 자석은 혼자 있을 때는 쓸모없는 돌과 같지만 혼자가 아닐 때는 엄청난 힘을 보여준다. 사람도 혼자 있을 때 무섭고 힘들다. 하지만 가족과 함께라면 서로 의지하고 서로 길이 되어 주어 어떤 슬픔도 이겨 낼 수 있기 때문이다.

우리 가족은 한때 안 좋은 가정 상황 때문에 웃음을 찾을 수 없는 하루하루를 흘려보냈다. 그때 우리 가족은 같은 극끼리 만나면 서로 밀어 내기만 하는 자석 같은 가족이었다. 우리가 처한 어려운 상황에 대한 불만과 불평, 짜증이 뒤섞여 서로에게 상처를 주기만 했던 때였다.

그런 중에도 나쁜 우리 가족은 상황을 바꾸기 위해 노력했다. 그리고 우리를 감싸고 있는 불안하고 어두운 벽을 허물자고 생각해서 제주도로 여행을 떠난 적이 있다. 제주도 여행으로 서로 간에 슬픔과 고민을 들어주고 같이 애기하다 보니까 저절로 웃음과 희망이 가득 차게 되었다. 그곳에서 우리는 오직 서로의 얼굴을 마주 보면서 하루 종일 웃고 떠들고, 또 서로의 몸을 부딪쳤다. 오직 자연과 우리 가족만의 시간이었다.

지금도 그때 우리 가족의 일을 경험삼아 사람들에게 힘들고 지치면 가족과 함께 자연 속으로 들어가 오직 가족과 하나가 되어 보세요, 라는 말을 꼭 한번은 해주고 싶다. 이런 마인드로 하루하루 지내다보니 우리 가족은 웃음이 사라지지 않는 집이 되었다. 그리고 단단한 우리들만의 세상이 만들어졌다. 자석처럼 강력하게 나를 끌어당겨 주는 근본이 바로 가족이다.

가족이라는 하나의 이름으로 뭉친 가족의 화목한 모습을 보면서, 엉뚱하게도 이런 생각이 들었다.

'만약, 전자 기기가 조금 더 천천히 왔다면, 우리 가족 또는 전 세계의 가족이 지금보다 더 친해져서 웃고 떠들 수 있는 세상이 될 수 있지 않았을까?'

하는 생각이다. 현재 많은 가정의 모습은 휴대전화 화면과 마주하느라 서로 말도 하지 않고 휴대전화 화면 속에 빠져 들고 있는 슬픈 현실이다. 휴대전화 화면에 빠져서 언제나 작은 화면만 보고 있으니 가족의 사랑도 웃음도 찾아 볼 수 없는 세상이 되어 가는 것 같다.

사랑은 만드는 것이 아니라 통해야 사랑이 생긴다고 생각한다. 힘든 시기를 함께 겪어 낸 우리 가족의 사랑은 넘치고 넘치는 것 같다. 만약 우리가 도시의 품이 아니라 자연의 품에서 살았다면, 우리는 지금보다 한가하게 놀고 웃으면서 살아 갈 수 있었을지 모른다. 도시는 혼잡하고 임무에 잡혀 있는 곳이다. 그에 비해 자연은 세상을 품어 주는 곳인 것 같다. 우리가 만약 자연에 살고 있다면 더 많은 시간을 가족과 함께 붙어 있을 수 있고, 임무에 충실하지 않아도 된다. 지금보다 자유롭고 책임이 덜한 세계, 물질보다 정신이 풍요롭고 만족이 되는 사회였으면 좋겠다. 나는 가족들과 숲에서 살고 싶다.

도시는 소음과 형식의 틀에 잡혀 있다. 매일 일상이 틀에 짜여 있는 생활이 싫다. 요즘 들어 그런 것에 대해 짜증이 난다. 하루하루 힘들고 지친 마음을 부모님께 다 던지고 있는 것 같다. 다 던지고 나면 슬픔과 미안한 마음이 내 바구니 속으로 들어온다. 미안한 마음을 보여주지 못해 나는 안절부절못한다. 그런 내 자신이 싫다. 그리고 모처럼 찾아온 가족의 행복과 사랑이 나의 이런 불평과 짜증으로 깨어지지 않을까 걱정이 된다. 나는 왜 짜증이 날까? 의무와 책임이 없으면 사람들은 싸우지 않을까, 하는 생각이 든다. 나는 내 마음을 정확히 표현하지 못해 늘 미안한 마음으로 집으로 들어온다.

'다음은 잘해야지 다음은 더 열심히 해야지.'

마음으로 반복하면서 내가 했던 모습이 뱀처럼 나를 휘어잡는다. 이런 내 마음을 알아주는 것은 역시 가족이다. 이번 여름방학에는 아빠와 함께 자연 속으로 떠나기로 했다. 아빠와 함께 자전거 여행을 하기로 약속했다. 아빠의 현실은 나의 불평을 받아 줄 만큼 한가롭지 않다. 그러나 아빠는 가족이라는 이름을 걸고 나와 소통하기로 하신 것이다.

세상에서 가장 강력한 자석인 가족은 서로 의지하며 하나로 묶여 있다. 자석에 단단히 달라붙어 하나가 된 아름다운 이름 '가족'이다. 나는 이번 여름 아빠와 함께 떠날 자전거 여행을 통해 또 다시 가족의 힘을 느끼게 될 것이다. 지금 나는 사랑하는 가족과 함께여서 좋다.

미래 일기, #759 기록

박상원

자, 이제 거의 끝나간다. 이 기록이 벌써 5백 번째 기록이다. 내가 발명한 이 기계는 무엇이든 기록한다. 특히 호기심과 같은 마음의 움직임 같은 것을 입력할 수 있다. 완벽하다. 가장 흥분되는 것은 사람의 실제 뇌를 분석할 수 있는 세계 유일의 기기라는 점이다.

그리고 드디어 두뇌 연구를 국가로부터 인정을 받게 되었다. 이제 누군가를 실험할 때 일일이 눈치를 볼 필요가 없게 되었다. 내 연구에 참여하여 좀 더 나은 두뇌를 가지고 싶어 하는 사람이 있다면 함께 할 수 있게 된 것이다. 나는 이 실험을 우선 죽은 자, 식물인간, 그리고 살아 있는 사람의 순으로 할 것이다. 죽은 자의 경우는 단순 해부용이며, 식물인간의 경우는 실질적인 이식의 연구대상이 될 것이다. 산 사람의 경우는 방어기제에 의한 변수가 일어 날 수 있기 때문에 신중을 기해야 한다. 과연 인간은 영생을 누릴 수 있을까? 적어도 심장만 뛰어 준다면 뇌사로 인한 사망만큼은 이제 치료할 수 있는 길이 열린 것이다.

2036년 5월 30일 금요일

오늘은 아침부터 서둘렀다. 20년 만에 중학교 동문들을 만나는 귀한 시간이기 때문이다. 유상이의 소식은 인터넷 뉴스로 종종 듣곤 한다. 유상이는 자신의 꿈대로 작가가 되었다. 그러나 그 친구는 고집이

세서 요즘 대세인 e-book 대신 활자로 종이에 찍은 옛날 책만을 고집한다고 들었다. 그는 세계에서 가장 많이 팔리는 책과 가장 재고가 많이 남아 있는 책의 주인으로 유명세를 치르고 있다.

시인이 되고 싶어 했던 태민이는 공대에 진학하여 얼마 안 되어 학교를 그만두고 쇼핑앱과 VR게임 앱을 개발하여 엄청난 광고 수익을 올렸다. 자신의 앱을 사용자들은 무료로 접속하여 이용하지만, 그 이용자의 수가 천문학적 숫자여서 그로 인한 각종 광고 수익이 엄청난 것이다. 태민이야말로 꿩 먹고 알 먹는 부자가 된 것이다.

나도 태민이의 영향을 받고 있다. 나의 두뇌 연구는 곧 인공지능과 연결되기 때문에 태민이 앱에도 상당 부분 이러한 연구가 접목되어 얼마간의 로열티를 챙겨 받고 있다.

의사가 된다던 지훈은 역시 모범생답게 얼마 전 의학박사 학위를 수여받았다. 지훈이는 '청소년기 게임 중독이 미치는 발달 과업의 미성숙과 게임의 영향 관계'에 관한 논문을 써서 학위를 받았다.

이 논문에서도 역시 나의 두뇌 연구기재에 대한 연구가 그 바탕이 되어 주었다.

중학교 문예반 교실에서 만나서 함께 희노애락을 나누었던 친구들이 이렇게 자라서 서로의 분야에서 노력하며 또 돕기도 하면서 살아가고 있다. 앞으로 지훈이는 나와 협력하여 인간의 인격이 위대한 성인군자들처럼 완성될 수 있는 약물을 개발해 보고 싶다고 한다. 물론 나의 두뇌 연구가 지훈이의 연구에 기초를 제공해 줄 수 있을 것이다.

그리고 언제나 주식으로 백만장자가 되겠다며 교과서 대신 주식 서적을 들고 다니던 병훈이, 그 친구야말로 우리 모두의 덕을 가장 많이 본 친구다. 나의 연구와 태민이의 사업 등에 대한 정보를 가장 가까이서 들을 수 있었던 병훈이는 순수하게 태민이 회사의 주식을 사는 데 몰빵을 하다시피하였다. 처음 대략 1만 5천 원 정도에 산 주식이 십 년 만에 백만 원이 넘는 초우량 주식이 되어 버린 것이다.

병훈이는 자신의 소원대로 강남에 빌딩 하나를 사서 주식회사를 설립하였다. 주식만 전문으로 취급하는 증권사 같은 것이다. 참 이상하게도 우리 문예반 친구들 중 삼십 대부터 일찍 성공한 사람들이 이렇게 몇이나 있게 된 것이다.

그때 문예반을 이끌었던 자그마하고 예쁘장한 여선생님은 나이가 오십을 훨씬 넘긴 작가 선생님이셨다. 그 선생님은 글과는 담 쌓다시피하게 살아왔던 우리 아홉 명 하나하나를 매우 소중하게 생각하셨던 것 같다. 그때 그 선생님의 제안으로 20년 후 각자의 미래, 혹은 친구들의 미래를 한 번 상상해 보고 글로 써 보자는 제안이 있었다. 우리들 중 태민이, 종승이, 유상이, 근태 정도를 빼면 글과는 정말 무관한 친구들이었고, 그저 친구따라 놀러온 정도였다.

그런데 정말 장난으로 시작한 미래 일기 속 친구들의 운명이 거의 다 들어맞고 있다는 것이 신기할 따름이다. 우리가 이렇게 성공의 길로 가고 있는 것은 어쩌면 그 선생님의 예지력 때문이 아니었을까 싶다. 그때 그 선생님은 지금 우리나라 문단을 대표하는 대작가가 되어 계신다.

가끔 나와 태민이, 그리고 유상이는 함께 몰려가서 늙으신 선생님을 모시고 번개 모임을 갖기도 했다. 그러나 오늘은 특별히 우리 문예반 멤버 9명이 20년 만에 한 자리에 모이기로 한 날이다. 당연히 선생님을 모시고 함께 만나기로 했다. 선생님은 유상이가 모시고 오기로 했다.

그리고 오늘은 특별히 정헌이네 음식점에서 하기로 했다. 가끔씩 번개 모임 때 정헌이네 식당에서 모인 적도 있지만, 오늘만큼은 당연히 정헌이네 음식점에서 해야 맞는 것이다. 정헌이는 파리 요리 경연대회에서 엄마의 손맛을 느끼게 해주는 주먹밥, 김밥, 김치전골 등 한국의 서민 밥상을 선보여 그랑프리를 수상하였다. 시시한 음식처럼 보이지만 정헌이의 혼이 담긴, 평범하지만 한국인이라면 누구나 즐길 수 있는 요리를 선보여 대상을 거머쥔 것이다.

그리고 심리학을 공부하고 심리상담사로서 평범하지만 보람되게 살아가고 있는 지욱이, 그는 늘 우리를 유쾌하게 만들어 준다. 또한 나의 두뇌 연구에 도움이 되는 심리학적 조언과 인공지능의 알고리즘의 토대를 만들 수 있도록 옆에서 많은 조언과 실질적 도움을 준 친구였다.

무엇보다 종승이, 그 친구도 유상이와 함께 작가가 될 줄 알았더니, 웬걸, 그 녀석은 나보다 더 천재적인 두뇌의 소유자였을 줄이야. 그 녀석의 두뇌는 세계에서 다섯 손가락 안에 드는 천재였다. 중학교 졸업 무렵 우리들 사이에서 슬그머니 사라져 버렸다. 그 친구에 대한 소식을 아는 친구가 별로 없었다.

그런데 어느 날 미국에서 열리는 인공지능 개발의 무한 영역에 관한 심포지엄이 열리던 날 그 회의장에서 뜻밖에 종승이를 만난 것이다. 종승이는 미국 국방부의 책임연구원 직책으로 그 회의에 참석하였다. 나의 두뇌 연구를 곤충에 접목하여 군사 목적으로 쓸 수 있는가에 대해 발표하였다. 놀랍게도 종승이는 메뚜기, 바퀴벌레, 귀뚜라미 등의 뛰어난 후각과 촉각, 그리고 직관력 등을 이용하여 적군이 파묻어 놓은 지뢰나 미사일 등의 공격용 살상무기를 먼저 발견하여 제거

하는 데 사용될 미 국방부 최전방 병사들을 연구하고 있었다.

가장 자유로운 영혼으로 살아가고 있는 친구는 근태였다. 그 당시에도 근태는 웹툰에 빠져 살았다. 아니나 다를까 그는 인터넷 포털 사이트에서 가장 인기 있는 웹툰 작가 중 한 명이 되어 있었다. 그가 중학생 때 쓴 '결핍자'의 인기는 아직도 식을 줄 모른 채 웹툰의 고전처럼 읽히고 있다.

디리리링, 도로로롱, 손목에 찬 휴대전화에서 퇴근 시간을 알려 준다. 그리고 약속 장소와 모임에 대한 안내 멘트가 흘러나온다. 나는 가운을 벗고 연구실 문을 열고 밖으로 나왔다. 손목에 찬 휴대전화로 나의 무인 자동차를 불렀다. 자동차가 어느 새 내 앞에 섰다. 나는 손으로 문을 터치했다. 문이 부드럽게 열리면서 가장 쾌적한 실내 온도로 나를 맞이한다. 휴대폰에서 안내 멘트가 나왔다.

"광화문 대로 1가 25번지 김정헌 요리 연구소."

그러자 운전석 앞 전광판에 OK 라는 글자가 떴다. 차가 쏜살같이 도로로 내달린다.

약 30분 후 나는 약속 장소에 도착했다.

문을 열고 들어가자 반가운 얼굴이 손을 흔들었다. 주인인 정헌이와 근태였다. 근태는 긴 머리를 질끈 묶었다. 정헌이는 몇 달 못 본 사이 뱃살이 더 늘어난 것 같다.

"야, 반갑다. 너 요새 웹툰 작가로 잘 나간다며?"

"너야말로 두뇌 연구자로서 우리나라의 명성을 드높이고 있다니 부럽다야."

우리는 서로 웃으며 이런저런 농담들을 하고 있었다.

잠시 후, 오랫동안 보지 못했던 종승이가 검은색 두터운 안경을 쓰고 검정색 정장 차림의 남자 두 명과 함께 들어왔다. 우리는 약간 긴장했지만 반갑게 맞이하면서 그동안의 일들을 풀어 내느라 시끌벅적했다. 잠시 후 종승이 검정색 정장차림의 두 사람에게 눈 짓을 하자 그들이 황급히 자리를 떴다. 그들은 종승이의 경호원이었던 것이다. 우리 친구들이 이처럼 놀라운 20년 후를 맞이하다니, 감탄이 나올 뿐이다.

그리고 뒤이어 태민이와 병훈이, 지욱이, 지훈이가 들어왔다.

우리는 서로의 안부와 인사를 건네며 수다를 떨었다. 그렇게 30분 정도가 흐른 뒤 우리는 유상이에게 전화를 걸었다.

"유상아, 오고 있니?"

"그럼, 선생님하고 같이 가고 있지. 조금만 기다려. 나는 무인 자동차가 아니라서 조금 느려."

유상이, 너란 놈은 정말 아직까지, 요즘 사람이라면 누구나 애용하는 무인 자동차마저 외면하고 손수 운전을 하는 수고를 하고 있다니!

인류 최대의 인공지능 시대에 끝까지 아날로그적 기술을 구사하고, 아날로그적인 글쓰기를 하고 있는 너란 놈은 정말 연구 대상이구나.

드디어 유상이가 도착했다. 그 옆에 화려한 꽃무늬 원피스를 곱게 차려 입은 선생님께서 조용하게 웃으며 서 계셨다. 우리는 모두 일어나 선생님을 돌아가며 안아 드렸다. 선생님께서는 따뜻한 미소와 함께 우리 모두를 다정하게 안아 주셨다. 특히 공상과학 소설을 쓰고 살 줄 알았던 종승이가 세계적인 군사무기 전문가로서 살아가고 있는 것에 놀라워하셨다. 우려와 함께 종승이에게 여러 가지 질문을 던지셨다.

"종승아, 그래 설마 사람을 죽이는 데 필요한 무기를 만들어 내는 데 너의 그 좋은 머리를 쓰는 것은 아니겠지?"

"그럼요, 선생님. 제가 연구하는 것은 인류 모두의 평화를 위한 예방 차원의 무기들이에요. 적의 가공할 만한 무기가 날아올 때, 그것을 저 우주 밖으로 유인하는 거라든지, 제3세계 사람들을 위협하는 지뢰나 대인 살상용 폭탄 등을 인명 피해 없이 제거하는 데 쓰일 곤충 연구 등이에요."

"훌륭하구나."

우리는 그날 정헌이네서 변함없는 한국의 구수한 엄마표 밥상에 둘러앉아 우리들의 20년 후를 즐겼다.

오늘 느낀 이 모든 감정들을 두뇌 기기에 모두 기록시킨다면 나의 연구도 막을 내리게 될 것이다. 인간에게 유용한 가치를 실현시켜 줄 찬란한 과학적 성과를 꿈꾸며 오늘 모임을 마쳤다. 우린 다시 만나게 될 것이다. 모두 안녕.

주식 왕 주대박

양병훈

한강이 바라다 보이는 용산에 들어선 랜드마크인 '원더랜더에 황금빛 찬란한 햇살이 비춰든다. 눈이 부시다. 새하얀 침대 시트와 눈이 시리도록 새하얀 커튼이 바람에 날린다. 나는 눈을 가늘게 뜨고 벽에 걸린 시계를 보았다. 시곗바늘은 7과 12, 아침 7시였다. 회의는 오전 10시에 하기로 되어 있다. 시간은 충분하다. 전용 식당인 호텔로 내려가 아침 식사를 하면서 조간 신문에서 다룬 주요 내용과 밤새 쏟아진 사건 사고 등을 브리핑 받을 것이다.

커튼을 젖혔다. 따가운 햇살이 눈살을 더욱 찌푸리게 만들었다. 창밖을 내다봤다. 아득하게 먼 거리인 지상에 만들어져 있는 조각처럼 정교하고 반듯하게 만들어 놓은 정원이 눈에 들어왔다. 그 중심에 분수가 뿜어져 올라오고 있었다.

내가 손을 뻗자 분수의 물줄기가 하늘 높이 치솟아 오르더니 내 손바닥 안을 간지럽혔다. 물이 꽤 차가웠다. 내 손 안에 들어온 물을 받아 마셔 보았다. 물맛은 마치 사이다처럼 톡 쏘고 달콤하고 맛있다. 연거푸 두 손을 내밀어 물을 더 받아 마셨다.

"꿀꺽!"

"아야, 누구야?"

"나다, 욘석, 일어나! 어젯밤엔 무얼 하셨나? 여기가 네 침대인 줄 아냐?"

하하하, 낄낄낄,

'이게, 이게 어찌 된 일이지?'

"얌마, 정신 차려. 수업 시간 내내 아주 요란하게도 자더라. 큭큭."

친구 상민이가 킥킥대며 놀려 댔다. 다른 아이들도 요란스럽게 웃어대거나 뭐라고 내게 비난의 말을 해 대고 있다. 어젯밤 컴퓨터 앞에서 밤새도록 모의 주식을 하느라 잠을 한잠도 못 잤다. 그리고 어릴 때부터 내 단짝 여자 친구 윤지의 부탁을 꼭 들어 주고 싶어 밤새 주식이란 무엇인가 쉽게 설명한 글을 쓰느라 잠을 거의 자지 못했던 것이다. 이번 모의 주식 대회는 청소년, 대학부, 일반부 이렇게 나뉘어져 있다. 모의 주식 대회에서 대상을 타게 되면 진짜 주식에 투자를 해볼 생각이다. 그렇게 되면 나는 내가 꿈꾸던 부자의 꿈을 이룰 수 있는 첫 걸음을 내딛는 것이다.

'쩝, 좋다 말았네. 하지만 그렇게 되지 말란 법이 어딨어?'

"주대박! 넌 도대체 커서 뭐가 되려고 그러니?"

"부자요, 전 빌딩 부자가 되고 싶어요."

내가 말했다.

"주대박, 부자 될 꿈은 네 침대에서 꾸도록 해라. 그리고 부자가 되기 위해서 체력 단련도 필요할 테니 오늘 화장실 청소 반짝반짝 빛나도록 할 것. 다 하고 검사 맡고 갈 것, 알겠어?"

와! 짝짝짝, 주대박, 청소 대박! 청소 왕! 주대박! 깔깔깔. 친구들이 낄낄거리며 놀려 댔다. 아이들이 다 돌아간 뒤 나는 지린내 진동하는 화장실로 들어갔다. 화장실 냄새를 맡으니 나도 모르게 오줌이 마려웠다. 나는 진저리를 부르르 한 번 치고는 시원하게 볼일을 보고 손을 씻으면서 무심코 거울을 바라다보았다.

'치, 멋진 꿈이었는데, 좋다 말았네. 아니지, 반드시 되고 말 거야. 그래서 멋진 펜트 하우스에서……. 크크, 윤지랑 같이, 크크.'

생각만 해도 좋았다. 지금은 윤지만 유일하게 나를 믿어 주고, 심지어 자신도 함께 주식을 알고 싶어 하고 있다. 나는 그런 윤지가 너무 좋다.

거울 속에 윤지가 환한 미소를 지으며 있는 것처럼 보였다. 물을 끼얹어 거울을 깨끗이 닦았다. 윤지가 사라지고 안 보였다. 나는 시무룩해져 호스를 가져와 물을 뿌리기 시작했다. 비누 거품을 풀고 바닥을 솔로 문지르고 깨끗이 청소를 했다. 땀이 흘렀다. 이마로 흘러내리는 땀을 닦으며 교무실로 갔다.

"선생님, 저 청소 끝냈는데요."

"그래? 수고했다. 대박아, 넌 이름이 벌써 대박이니 커서 주식으로 대박이 나서 부자가 될 거야. 하지만 현재 세계 최고의 부자들도 모두 수업 시간에 너처럼 잠만 자다가 부자가 된 사람들이 아니란다. 너 세계 최고 부자가 누군지 아니?"

"'그야, 빌 게이츠, 워렌 버핏, 그리고 우리나라 재벌들, 그리고 중국의 100대 부자들……."

"아이구, 그러셔요? 연구를 많이 했네. 앞으로 전 세계에 주대박 부자의 이름도 올릴 수 있기를 바란다. 그러기 전에 부자 되는 습관부터 알아 보도록 했으면 좋겠구나. 수고했다. 이제 가봐라."

"네."

선생님과 헤어져 돌아오는 길에 늘 들르는 천지창조 피시방에 들렸다.

피시방에 들어서자마자 아는 알바 형이 웃으며 반겨주었다.

"어, 주대박 왔냐? 네 자리 저기 비어있다. 가 봐."

"예에."

형과 인사를 나눈 후 거의 내 자리나 다름없는 의자로 갔다. 컴퓨터 화면 앞에 앉아 나의 비밀번호를 누르고 화면이 뜨기를 기다렸다. 그러자 눈앞에 전에 못 보던 환한 빛이 컴퓨터에서 쏟아져 나왔다.

'아, 눈이 부시다. 왜이래?'

눈살을 찌푸리며 화면을 바라보았다. 그런데 늘 켜면 바로 뜨던 창이 아니었다. 마치 영화 화면처럼 멋진 도시와 많은 사람들, 그리고 깔끔하지만 몹시 바빠 보이는 어느 건물 속 사람들, 그런데 전부 우리나라 사람들이 아니다.

'누가 켜 놓은 영화 화면인가?'

이해가 되지 않아 고개를 갸웃하고 있는데, 화면 속에 아주 친근감이 드는 할아버지 한 분이 나오셨다. 그리곤 주대박을 향해 씽긋 윙크를 하는 것이다.

'이게, 뭔 일이람, 오늘 하루 종일 왜 이리 이상한 일만 일어나는 거야?'

"하이, 주대박!"

'아니, 아니, 내가 잘못 들었나? 내 이름을 어떻게 알고?'

"누, 누구세요?"

"이런, 나를 모른단 말인가? 주대박 군의 꿈이 주식 대박 왕이라면서 나를 몰라?"

"아, 할아버진, 워렌 버핏?"

"하하하, 그렇지. 이제야 알아보는군, 부자 대명사인 나를 몰라보나 싶어 서운할 뻔했는걸?"

"와우, 와우, 진짜 반가워요. 그런데 어떻게 여길?"

"주대박 군이 밤마다 간절하게 기도하는 소리가 여기까지 들리던걸. 하하하."

"정말이세요?"

"하하하, 이제 우리 주대박 군 어떻게 부자가 될건지 내가 좀 들어봐도 될까?"

"비밀인데, 할아버지께만 살짝 알려 드릴게요. 들어보시고 잘못 된게 있는지 조언해 주세요."

"저는 지금 S증권사에서 주최하는 모의 주식 대회에 참가해서 열심히 주식 투자를 하고 있어요. 여기서 꼭 이기고 말 거예요. 그래서 상금을 타면 이 상금으로 진짜 주식을 살 거예요. 그래서 차근차근 주식 투자를 하면서 실전 경험을 쌓아가면서 제 꿈을 이룰 거예요."

"오호, 그것 참 좋은 생각이구나. 나도 어려서부터 주식을 실제로 투자했단다. 물론 부지런히 공부하면서 내 꿈인 주식이 불어나는 것에 대하여 노력을 아끼지 않았어. 나는 어려서부터 지금까지 한 가지 습관을 꼭 지키면 살아가고 있단다. 사무실에 나가자마자 신문 보기, 각종 투자 정보 편지와 추천서를 골고루 꼼꼼하게 살펴보는 일이란다. 그런 것은 아주 기본적인 것이고, 독서와 명상 등, 내 일에 대한 열정과 사랑은 애인을 만나서 사랑을 나누는 것보다 더 열중해야 하는 거란다. 주식을 투자하는 일은 매우 신중하게 결정해야하는 일이란다. 그러기 위해서는 투자자가 세상이 돌아가는 일에 대해 해박한 지식이 있어야 해. 그래서 꾸준하게 뉴스와 독서, 그리고 세상 사람들의 이야기에 귀를 기울일 줄 아는 겸손함, 그리고 투자 물건에 대한 명석한 분석력 등이 다 필요하다. 한 번 잘못 분석한 것으로 되돌릴 수 없는 큰 손실을 맛볼 수도 있는 위험한 일일 수도 있단다."

"할아버지. 아니, 회장님. 주식 투자를 하는 데 많은 노력이 필요하군요. 저는 지금처럼 열심히 주식 투자 분석 그래프나, 다른 사람들의 성공담 등만 많이 보면 될 거라고 생각했어요."

"물론, 그런 것도 중요하지. 그러나 무엇보다 자신이 세상 일에 대한 정확한 통찰력을 가질 수 있는 것이 중요하단다. 통찰력을 기르려면 지식과 지혜를 기르는 노력을 다 해야 한단다. 그러니 너는 지금부터 학교에서 잠을 자기보다 시간을 잘 관리하여 자기 자신과의 싸움에서 이겨야 하는 게 더 중요할 것 같구나."

"예, 앞으로 부자가 되기 위한 기초 체력과 기초 지식을 배우는 데 게을리하지 않을게요."

"하지만 너처럼 모의 주식 투자 같은 것을 시작한 것은 칭찬하고 싶구나. 혹시, 어느 부분에 투자했는지 내가 좀 알면 안 될까? 기업 비밀인가? 하하하."

"아니, 아니에요. 전 지금 제가 가장 관심 있는 건축 건설 부분에 투자를 하고 있어요."

"오호! 그것 참, 재미있구나. 왜 그런 생각을 했지?"

"전, 이다음에 우리 나라에서 제일 비싼 땅 값으로 유명한 곳에 커다란 빌딩의 건물주가 되고 싶기 때문이에요."

"그래? 그것도 좋지만 미래 산업에 투자해 보는 것은 어떻겠니?"

"예? 미래요?"

"그렇지. 앞으로의 세계는 모든 환경과 산업이 그동안 무분별하게 개발 되어진 지구 환경 때문에 몸살을 앓고 있어. 다소 앞선다는 생각도 들 수 있지만 앞으로 우주 개발 없이는 지구 미래도 불투명할 시대가 곧 도래할 거야. 그렇게 되면 아마 미래 산업에 대한 주가가 치솟을 가능성이 많겠지?"

나는 컴퓨터 화면 속으로 빨려 들어갈 듯 시선을 고정한 채, 워렌 버핏 회장의 말을 경청하고 분석하며 시간 가는 줄 모르고 혼자 중얼중얼하였다. 그러다가 갑자기 컴퓨터에 로그인을 하였다. 어느새 워렌 버핏은 어디론가 사라져 버린 뒤였다. 나는 혼잣말로 계속 대화를 하고 있었다.

"회장님, 회장님, 어어? 어디 계세요?"

인자한 모습으로 웃으면서 차근차근 설명해 주고 계셨던 워렌 버핏이 한 순간 화면에서 사라졌다. 나는 감쪽같이 사라져 버린 워렌 버핏을 찾아 마우스를 이리저리 움직이며 필사적으로 아까의 화면을 다시 찾으려고 애를 쓰고 있었다. 바로 그때였다.

"야! 주대박, 너 여기서 무엇하니? 학교 마쳤으면 빨리빨리 집에 가서 밥 먹고 학원 갈 생각은 않고, 여기서 노닥거리고 있냐?"

그러면서 나의 등을 한 대 빡 치는 사람, 바로 윤지였다. 윤지는 장난스러운 웃음을 띠며 내 등 뒤에 섰다. 나는 뒤를 돌아보며 어색한 웃음을 지어 보였다.

"윤지야, 내가 지금 화면에서 워렌 버핏 회장님을 만났어."

"야, 너 상태가 생각보다 심각하다. 어쩌니?"

"그게 아니야. 진짜라고."

"그래, 알았어. 그나저나 모의 주식은 잘 되어 가?"

"그럼, 그런데 나 종목을 조금 변경할 거야. 워렌 버핏 회장님이 충고해 준 대로 미래 우주 개발 산업 회사 주식을 살까 해."

"그건 괜찮은 생각 같은데 아무래도 워렌 버핏……이야기는 뭔지 모르겠는데?"

"알았어. 난 인제 뭘 어떻게 주식 투자를 해야 하고 주식 투자를 하는 기본적 습관은 어때야 하는지 알게 되었어. 난 반드시 부자가 되고 말거야. 윤지야 너도 날 응원해 줄 거지?"

"그래, 뭐 어려운 일이라고. 나도 부자가 되는 거엔 관심이 많아. 부자 친구 두면 좋지. 꼭 부자 돼라. 호호호."

'아, 윤지는 웃는 것도 말하는 것도 모두 너무 예쁘다. 꼭 내 팬트 하우스에 초대할 첫 번째 손님이 될 거야. 윤지야, 기다려 줘.'

나의 이런 마음을 아는지 모르는지 윤지는 주대박의 옆 컴퓨터에 앉아 '클래식 로얄' 게임에 열중하고 있다.

나는 모의 투자 주식을 열어 보았다. 어제까지 투자한 주식이 오늘 2백 원 정도 올랐다. 과감하게 매도하겠다는 의도를 올렸다. 누군가가 연락이 왔다. 나는 모의 주식과 모의 통장 계좌 등을 교환하면서 주식을 팔았다. 처음 천만 원으로 시작한 것이 한 주당 2백 원이 올랐으니 2백만 원을 벌었다. 게다가 나는 배짱 좋게 이것을 2백 원 더 올려 4백 원에 내 놓았는데 이것이 눈 깜짝할 사이에 팔린 것이다.

"와! 4백만 원 벌었어."

"우와! 신기신기, 너 잘 한다. 이제 어디다 투자할 거니?"

"몰라 일단 주식 시장 그래프부터 분석해 봐얄 거 같아."

"그런 것도 할 수 있니?"

"당근, 그건 기본이지. 참, 내가 너를 위해 '쉽게 풀이한 청소년을 위한 주식 투자 그래프 분석 하는 법'이란 리포터를 만들어 왔어. 너도 관심 있으면 한 번 해 봐."

윤지의 눈이 반짝였다. 나를 엄청 존경하는 듯한 눈빛으로 바라보았다. 내 입 꼬리가 숨길 수 없을 만큼 심하게 올라갔다.

주식 시장을 검색하던 내 눈빛이 반짝 뜨였다. '(주)미래 우주 산업 개발'이라는 상장 회사의 주식이 눈에 띄었다. 나는 당장 그 회사에 대한 연구에 들어갔다. 우선 최근 주가 그래프가 어떻게 움직이고 있었나를 분석했다. 최근 3년 연속 죽 올라가고 있는 모습이었다. 순이익금 4백과 초기 자본금 1천만 원을 모두 투자하기로 마음먹었다. 이 회사의 주가는 한 주 당 1만 4천2백 원이었다. 누군가 천 주를 팔겠다고 내 놓은 주식이 있었다.

채팅을 했다. 7백주 만 팔 수 없냐고 물었다. 마침 그렇게 하라고 했고 나는 주식을 사 들였다. 이제 이 주식이 열 배, 백 배 오르기만 하면 대상을 거머쥐게 되는 것이다. 윤지가 응원해 주면 올라갈 것 같다.

어느새 밖이 캄캄해졌다.

나는 윤지와 거리로 나와 집으로 걸어갔다.

윤지가 힐끗 나를 보며 아까처럼 똑같은 말을 했다.

"야, 주대박, 넌 참 대단해. 넌 꼭 부자가 될 거야. 힘내!"

나는 얼굴이 화끈거리는 것을 느꼈다. 심장도 쿵쾅거리는 것을 느꼈다. 하지만 내색할 수 없어서 괴로웠다.

"내가 꼭 부자 되어서 이 다음에 빌딩 부자가 되면, 펜트 하우스 같은 멋진 곳에 살 건데, 그 때 널 첫 번째 손님으로 초대할게."

윤지가 호탕하게 웃으며 꼭 그렇게 해 달라고 했다. 주대박은 머릿속에 벌이 든 것처럼 왱왱거리는 소음이 들리는 것을 겨우 참으며 말했다.

"내가, 꼭 그렇게 할 거야. 윤지야. 난 꼭 주식으로 대박 나서 워렌 버핏 같은 거물이 되고 말거야."

윤지에게 다짐하듯 말하고 나자 왜 그런지 내 얼굴이 다시 붉어졌다.

그날 밤 나는 워렌 버핏과의 약속을 어기고 평소 나쁜 습관대로 또 밤을 새고 말았다. 내일 학교에 가서 또 부자가 되는 꿈만 꾸다가 혼이 날지도 모른다. 하지만 꿈을 잃지만 않는다면 이런 잘못된 습관도 언젠가는 열정으로 바뀌어 대박이 터질 날도 올 것이다. 그날까지 주대박 화이팅!

오존층 수리공

이종승

1. 프롤로그

33세기경 지구의 70%가 파괴된 상태이다. 전 세계 사람들은 태양으로부터 오는 자외선을 견디지 못하고 피부암, 기형아와 같은 재앙이 계속 이어지고 있다. 결국 모든 사람은 지하에 새로운 세계를 만들었다 그들은 비타민을 항상 먹어야 했으며 공기 탱크를 항상 소지해야 했다. 지하 세계의 고위 간부들은 지상 위로 다시 올라가고 싶어 했다. 그들은 새로운 직업을 만들어 냈다.

조용하고 적막한 연구소에서 초록색 액체와 인간이 안에 든 수족관 5개가 운반되고 있었다. 커다란 기계에 수족관 5개를 연결시켰다. 연구원이 스위치를 누르자 초록색 액체 밑으로 빠지면서 수족관 안에 있는 인간들이 깨어났다. 그들은 자신의 이름과 언어 밖에 기억하지 못 했다. 그 순간 스피커에서 기계음과 함께 어느 남성의 목소리가 들려왔다.

"축하해 너희는 제78회 오존층 수리공 수업을 듣게 되었어. 아 물론 이 수업이 끝나면 여기서 나가게 될 거야. 물론 혼란스러울 거야 먼저 좀 쉬는 게 좋을 거야 앞에 서랍을 열어 보면 방 키가 있을 거야. 들어가고 싶은 방에 들어가서 쉬면 돼. 아! 줄리는 여자니 독방을 쓰는 게 좋을 거야. 그럼 잠시 있다 보자, 제군들. 아! 아직 내 이름을 안 알려 줬지. 내 이름은 보더니스. 너흰 고아원에서 데려왔어. 그러니 나를 아빠 또는 Mr. B로 불러 주면 좋겠어. 그럼 해산!"

아이들은 각자의 방에 들어갔다. 줄리는 혼자, 제임스와 브람스가 한방을 쓰고 찰스와 버키가 함께 방을 쓰게 되었다. 처음 만나게 된 친구들은 서로 이름을 주고받으며 인사를 나누었다.

"내 이름은 제임스야, 네 이름은?"

"내 이름은 브람스."

서로 인사를 나누고 있을 때, 스피커에서 남자의 목소리가 다시 나왔다.

"오존층 수리공 여러분! 다시 실험실로 모여 주시길 바랍니다."

스피커에서 Mr. B의 목소리가 나왔다.

"우리 다시 가야 하나 봐."

제임스가 말했다.

"그런가 본데. 어서 가 볼까?"

제임스와 브람스는 실험실로 향했다. 그들이 도착하자 Mr. B가 맞이하였다. 그리고 그는 짤막하지만 중요한 오리엔테이션을 진행하였다.

"너희는 오늘부터 오존층 수리공 중에서도 엘리트 코스를 밟으며 수석 수리공으로 거듭 태어나게 될 거야. 오늘은 좀 쉬고 내일부터 시작될 텐데 질문 있나?"

그러자 브람스가 손을 들었다.

"오존층 수리는 어떻게 진행되나요?"

"내일부터 알려 줄 거니까 오늘은 일단 좀 쉬도록 하지."

별 다른 답변도 해주지 않았는데도 Mr. B의 대답은 약간 신경질적이고 날카로운 목소리였다. 그 소리를 받아서 제임스가 재차 질문을 하였다.

"그럼 우리가 오존층 수리를 마치면 어떻게 되나요?"

Mr. B의 낯빛이 변하면서 묘하게 얼굴을 일그러뜨리며 웃는 표정이 되었다.

"어……. 그게 그러니까 너흰……."

그렇게 얼버무리고 있을 때, 어디선가 높은 곳에서부터 울림 같은 소리가 들렸다.

"죽어……!"

그 소리는 마치 어디선가 메아리가 치는 것도 같았고, 누군가 아주 높은 곳에서 아래로 향하여 내 던지는 말소리와도 같았다. 브람스와 제임스는 동시에 천장 쪽을 바라보았다. 음악당처럼 생긴 실험실의 높은 천장 가까이에는 사람들이 앉아서 아래를 내려다볼 수 있는 좌석이 설치되어 있었다. 이윽고 그 음산한 울림 같은 소릴 내뱉은 사람이 일어났다. 검은 망토를 두른 사람이었다. 얼굴은 잘 보이지 않았다. 그는 아래를 넌지시 한 번 내려다 볼 뿐 더 이상 말이 없었다. 브람스와 제임스는 재차 되물었다.

"우리가 죽는다는 게 사실인가요?"

음산한 목소리가 다시 한 번 공중에서 울려 퍼졌다.

"너희의 희생은 값질 것이다. 너희의 이름을 자랑으로 여길 것이다. 하지만 어떤 값진 희생도, 영웅도 죽고 난 다음엔 아무 소용없겠지? 그러니 지금부터가 중요하다. 잘 듣고 기억하도록 하자. 만약 너희가 오존층 수리를 다 마칠 수 있다면 너희를 구할 탐사선이 가게 될 거야."

우린 당황했다. 대체 오존층 수리가 얼마나 위험한 일이란 말인가…….

2. 뜻밖의 손님

다음 날, 브람스와 나는 오존층 수업에 대한 이론 수업을 받기 시작했다. 그런데 첫날 높은 좌석에서 우리를 향해 '죽음'이라는 음산한 단어를 내뱉은 사람이 나타났다. 그는 여자였다. 나이는 제법 있어 보였다.

"누구신가요?"

"……."

어색한 침묵이 흘렀다. 그렇게 서로 수업을 함께 받았다. 그런데 그 의문의 여자가 조금씩 거칠어지기 시작했다. 이론 수업이 끝나고 브람스와 나는 숙소로 돌아왔다. 그런데 그 의문의 여자가 먼저 우리 숙소에 도착해 있었다. 그리고 브람스에게 자리를 조금 피해 줄 수 있는지 양해를 구했다. 그렇게 그 여자와 난 일대일로 대화를 주고받게 되었다. 그 여자는 나를 잠시 뚫어지게 바라보더니 입을 열었다.

"놀라지 마라. 난 너의 이모야."

"이……모……요?"

나의 애매모호하고 놀란 듯한 말투가 황당했던지, 뭔가 매서운 눈초리로 상대를 응시하는 듯한 그녀가 정말 짧게 '하하' 하고 웃었다. 그리곤 바로 이야기를 시작했다.

"놀라지 마라. 너의 엄마, 즉 나의 언니는 널 낳자마자 그들에게 살해당했어. 그것도 내가 보는 앞에서, 그놈들을 결코 단 한 명도 살려

두지 않을 거야. 하지만 세상엔 나름대로의 질서가 있는 법이지. 그래서 난 기다렸어. 복수할 기회가 오기를, 그리고 드디어 네가 오존층 수리공이 되어 나타났지. 난 어찌나 기쁜지, 하지만 기쁨을 마구 드러낼 수가 없었다. 혼자의 힘은 약할 뿐이니까. 이제 너를 만나게 되었으니 우리의 계획을 함께 실현해 보자꾸나."

"우리의 계획이요?"

"그래, 우리의 계획."

나의 이모라는 여자가 차근차근 이야기를 풀어 나갔다.

"Mr. B의 이름은 보더니스야. 그리고 그는 현재 이 반 밖에 남지 않은 이 지구상에서 살아남아 생명을 유지하고 있는 종족들이 있지. 그들은 너희처럼 시험관에서 온갖 생체 이식으로 유린당하지도 않았으며, 또한 부모도 모른 채 살지 않아. 그들은 우리 선조들이 살아왔던 방식 그대롤 자연적 임신과 출산의 고통 등을 겪고 태어나 따뜻한 가정에서 부모의 보살핌을 받으며 고도의 지적 훈련만을 받으며 편안하게 살아가고 있어. 크흑……. 너희 같은 고아들, 아니 억지 고아나 다름없지. 그들이 살아가는 데 필요한 인구수만큼만 생산해서 자신들이 필요로 하는 곳에 써 먹고 그 자리에서 폐기 처분해 버리면 그만이니까."

나는 그 여자의 말을 쉽게 납득하기가 힘들었다.

"저……. 그게 무슨……. 잘 이해가 되지 않습니다. 저희는 여지껏 고아원에서 국가의 따뜻한 배려와 사랑으로 이렇게 잘 자랐고, 이제 고도의 기술 훈련을 통과한 에이스 훈련생들입니다. 이런 것들이 국가나 Mr. B 같은 분들이 없었다면 우린 이런 훌륭한 기술자가 될 수 없었을 거예요."

내가 더듬거리며 말을 마치자 이모라는 여자는 아까보다 더 슬프게 흐느끼며 말했다.

“크흐흑, 그래, 그래, 정말 그렇구나. 그건 맞는 말이란다. 여기 이 고아원에는 정말 부모가 버렸거나, 또 아버지가 누군지도 모르는 아이, 그리고 고의로 고아를 만들어 버린 아이들 등등 다양한 아이들이 모여 있지. 그 중에 넌 그들에 의해 고의로 고아가 되어 버린 경우란다. 너의 부모는 두 사람 다 지구 환경 과학자였지. 그런데 어느 날 오존층의 파괴 원인을 명확히 밝혀 냈지. 그리고 그것을 다시 원상복구할 수 있는 기술을 개발하게 된 거야. 그런데 그 Mr. B는 그때 너의 부모님의 조수였어. 오존층 수리 기술에 대한 획기적인 기술이 든 비밀 파일을 너의 부모는 어리석게도 조수였던 보더니스에게 보여 주었어. 그리곤 그것에 대한 안보를 보더니스에게 맡기고 보다 더 완벽한 연구에 박차를 가했어. 물론 보더니스도 그때까지는 충실한 조수로서 완벽한 임무를 수행하고 있었어. 그러다 너의 어머니가 너를 낳을 때가 되었지. 엄마는 병원에 입원을 하였어. 그리고 오존층 수리를 하는 수리공의 안전 문제에 대한 프로젝트를 채 끝내지 못한 채 연구실을 떠나야 했어. 그리고 그 자리에 대신 보더니스가 앉게 되었어. 그러자 그는 오존층 수리에 대한 핵심 기술을 엿볼 수 있는 기회를 더 확실하게 잡게 되었어. 흐흑, 그날, 네가 태어나던 날, 그날 너의 어머니에게로 달려오던 너의 아빠가 탄 자동차는 이상하게 프로그램 되어 있었어. 지금도 의문인데 운전 목적지가 한국 병원이 아니라 한강이라고 되어 있었어. 그날, 아빠의 차는 프로그램 된 대로 한강으로 추락사하고 말았어. 차를 인양하고 보니까 운전 목적지가 한강으로 되어 있어서 언론이나 경찰에서는 자살로 보도를 내 보냈지. 그리고 너의 엄만 너를 낳던 그날, 기다려도 오지 않는 너의 아빠를 포기한 채, 보호자로 나를 지목했어. 그런데 놀랍게도 그날 분만실에 들어갔을 때 마스크를 쓴 의사와 건장한 사내들이 셋 정도 서 있었어. 기분이 조금 묘했지만, 난 언니 손을 꼭 잡아 주었지. 그런데……. 잠시 후 네가 태어났어. 그 순간 의사가 아기를 안고 나가기 전에 문 앞에서 아기를 안고 엄마를 향해 너를 보여 주었지. 엄마는 아기를 향해 손을 들어 안으려 했고, 난 아기를 받아서 언니에게 넘겨 주려고 한 발을 떼었어. 그랬더니 사내 둘이 날 꽉 붙잡고 한 사내가 언니의 입에 뭔가를 갖다 대는 거야. 그러자 언니가 잠든 것처럼 축 늘어졌어. 그리고 나는 그것을 보고 소리쳤지. 그러자 너를 안은 사내가 마스크를 벗고 나를 보고 히죽 웃었어. 난 너무 놀라 소리를 더 질렀지. 바로 Mr. B, 그러니까 보더니스였던 거야. 그는 오존층 핵심 기술을 빼내려고 아빠와 엄마를 한꺼번에 죽였던 거였어. 그날 난 분만실에서 그들에게 끌려가서 정신 개조 프로그램에 의해 뇌를 청소당했어. 그런데 그날 네가 태어나던 날 그날의 기억이 너무나 생생해서 청소 후 그들이 모르는 사이 재생이 되었어. 그날의 기억이 다시 뚜렷이 떠오르기 시작했어. 나는 그들이 운영는 이 고아원에서 보육 담당으로 살아오면서 너를 키웠어. 그리고 어금니 물며 복수할 날을 기다려 온 거였어."

"그런데 왜 Mr. B는 왜 저희들을 죽이지 않고 키웠나요?"

"그건, 오존층 수리 핵심 기술을 손에 넣긴 했지만 누군가 가서 수리를 끝내고 돌아오기가 힘들다는 거였어. 그것을 다 연구기 전에 그날의 그 일이 일어나 버린 거야. 그 후로 수년간 연구를 했지. 수리공의 생명 안전에 대한 연구는 완성되지 못했어. 그리고 점점 지구 환경은 더욱 심각하게 나빠지고, 고위 간부들은 모두 안전한 지하세계서 행복하게 살아갔지. 예전처럼 말이야. 그리고 그들을 대신하여 죽는 희생양들을 길러 내는 쪽으로 결론 내게 된 거야. 그것이 이 고아원의 설 적이야. 너희는 오존층을 수리하는 데 적합하도록 키워졌어. 목적이 달성되면 마치 물건처럼 우주 쓰레기로 처리 되게 되어 있지."

머릿속이 혼란스러워졌다. 이 여자를 믿어도 될지, 또 나와 동료들은 정말 버려지는 것인지. 이해할 수 없었다. 그때 이모라는 여자가 내게 영상 하나를 보여 주었다. 그것은 이미 고물이 되어 버린 통신기기였다. 영상이 흔들거렸다. 지지직거리는 영상 속에 환하게 웃는 모습의 여자와 남자의 모습이 보였다. 여자는 불룩한 배를 쓰다듬고 있었고, 남자는 그 모습을 보며 기쁜 표정을 짓고 있는 영상이었다. 그리고 오존층 연구에 관한 논문 표지, 그들이 프로필 등이 흔들거리는 영상 속에 있었다.

'아, 어디선가 본 듯한 저 선한 인상, 어딘지 끌리는 모습, 왠지 달려가 안기고 싶은, 태어나 단 한 번도 느껴 본 적도 없었던 이상한 감정들, 이건 뭔가? 뭐지?'

한참 생각에 잠겨 있는데 여자가 다시 말을 이어갔다.

"제임스, 넌 이 나라, 아니, 전 세계 인구를 다시 지상에서 살 수 있도록 할 수 있는 중요한 역할을 하게 될 거야. 하지만 너의 안전과 너의 부모의 복수는 어떻게 할까?"

"정말 저의 이모이신가요? 그렇다면, 아니 그렇지 않더라도 적당한 호칭이 없으니 그냥 이모라고 부를게요."

"그래, 그래도 좋아. 그러나 남들이 듣는 데서는 쓰지 않는 게 좋겠어. 그때는 그냥 선생님이라고 부르는 게 좋을 거 같아."

"알겠어요. 아무튼, 이모, 그럼 이제 어떻게 하면 좋을까요?"

“일단 이론 수업을 다 듣고 난 후에 동료들을 한 명 한 명 모으자. 그런 다음 혁명을 일으키는 거야.”

“혁명이요? 그럼, 그런 후 보더니스를 처단하고, 지하 세계를 분열시켜야 해. 그보다 먼저 오존층을 수리하고 돌아올 수 있는 방법을 찾아야 해.”

“오존층 수리를 하고 나면 왜 지구로 돌아오기 힘드나요?”

“그건 그곳의 빛이 모두 원자핵이기 때문에 방사능에 오염될 수 있기 때문이지. 인류는 천 년이 넘는 세월 동안 핵을 자유자재로 쓰려고 했지만 잘 되지 않았어. 그나마 너의 부모가 거대한 핵 구멍을 막는 방법까지는 발견하였으나 나머지 수리공에 대한 안전은 아직 미흡한 단계란다. 그래서 처음엔 인공지능 로봇으로 대체하려는 연구가 또 있었지만 실패했단다. 아무리 정밀하게 설계된 로봇이라 할지라도 핵의 변화무쌍한 세계에서 일어나는 데 대처하는 임기응변과 창의적 문제 해결력이 인간보다 못한 점이 흠이었지. 오히려 그런 인공적인 방법은 실패했을 때 폭발로 인하여 구멍을 더 크게 만들어 버리는 단점이 있었지. 결국 대안은 인간을 올려 보내는 방법 밖에는 없었지. 그것이 지금 너희들, 이 고아원을 만들게 된 목적이란다. 너희는 대개 다른 사람들보다 지능이 높도록 키워졌고, 그렇게 설계가 되어 있어.”

“그렇군요. 이제 어느 정도 이해가 갑니다. 제가 생각을 좀 해 보도록 하죠. 오늘은 이만.”

“흐윽, 제임스, 제임스. 아가, 사랑하는 내 조카! 우리 아가, 정말 불러보고 싶었고, 너를 안아보고 싶었다. 억울하게 죽은 너희 아빠에 대한 기사를 찾아보렴. 네가 태어난 날이 바로 너의 부모가 하늘나라로 떠난 날이야. 난 그들의 시체도 찾지 못한 채로 그들에게 끌려가 모든 정신을 송두리째 빼앗겨 버렸어. 지금 그들은 자신들의 이익과 행복만을 위해 그들 속에 속하지 않는 인류를 모두 말살시키고 있는 것과 같아. 우린 그들과 싸워 이겨야 해. 그래서 모두가 함께 살 수 있는 방법을 찾아야 해."

'똑똑'

여자와 이야기를 한참동안 하고 있었던 것 같다. 누군가가 문을 두드렸다. 나는 문을 열었다. 밖에서 기다리던 브람스였다. 미안했다. 이모는 눈물을 훔치며 방을 빠져 나갔다.

"제임스, 무슨 일이야?"

"아, 별 거 아니야. 저 분이 우리가 어렸을 때 우리 수족관을 관리했던 분인데 우리가 이렇게 커서 오존층 수리공까지 된 데 대해 축하해 주려 오셨어."

"거짓말, 그럼 왜 날 피한 거야?"

"브람스. 비밀 지킬 수 있겠어?"

"당연하지. 내가 너를 얼마나 신뢰하고 좋아하는지 알잖아."

"좋아. 알지. 저 분은 나의 이모야. 아니, 나야 알 수가 없지. 그런데 그렇게 말하는군. 어쩌면 우리 모두의 이모일 수도 있겠지."

"무슨 소리야?"

"혹시 살짝 돌았는지도 모르겠는데 말조심하자. 불쌍하신 분 같아. 공연히 우리 땜에 곤욕을 치를 필요는 없잖아."

"그럼, 그래야지."

3. 동지들

오존층 수리공들 속에 홍일점 '줄리' 가 있었다. 나는 줄리가 좋았다. 그러나 줄리를 좋아하는 동료들이 많다. 때때로 나는 어떻게 하면 줄리를 지킬 수 있을까 고민할 때가 있다. 그리고 오존층 수리공들은 팀을 짜서 수업하는데, 나와 줄리, 그리고 브람스가 한 조이다. 그리고 찰스, 버키, 케이, 등이 한 조다. 그 중 찰스는 우리 팀의 줄리를 좋아하는 눈치다. 나도 줄리를 좋아한다.

그리고 생각해 보니 의문의 여자와 엄마라는 사람, 그리고 나의 공통점이 있었다. 갈색 머리칼과 갈색의 눈동자다. 그리고 아빠라고 했던 사람과는 어딘지 내 모습과 흡사한 이미지가 캡처 되었다. 또다시 이상한 감정이 울컥 올라왔다. 멀미할 것 같은 이 이상한 기분은 뭘까? 한 번도 배운 적이 없는 감정이다. 나도 모르게 눈에서 눈물이 났다. 눈물은 신체적 이상이나 정신적 충격 등을 당했을 때 나오는 감정의 결과라고 배웠다. 그것이 지금 내 몸에서 일어나고 있는 것이다.

다시 날이 밝았다. 브람스와 나는 교육장으로 나갔다. 줄리가 먼저 나와서 우리를 반겨 주었다. 줄리는 언제나 해맑은 웃음으로 생기발랄해 보이는 얼굴이다.

"줄리! 잘 잤어?"

"안녕, 제임스."

"줄리, 잠깐 할 얘기가 있어."

나는 줄리와 함께 오늘의 주사를 차 대신 맞으면서 어제의 이야기를 넌지시 들려주었다. 줄리는 전혀 이해를 하지 못했다. 나는 혹시 어딘가에서 감시당할 것 같았다. 나는 줄리에게 입속말로 오늘 밤 우리 방으로 놀러 오라는 말을 전했다.

줄리는 손가락으로 오케이 사인을 만들어 보여 주었다.

수업이 시작되었다.

Mr. B 가 들어왔다. 나도 모르게 내 가슴 속에서 무언가가 치밀어 오르는 것을 느꼈다. 그것은 어제와 다른 느낌이었다. 어제는 눈물이 날 것 같았지만, 오늘은 눈물이 아닌 뭔가 열이 나는 느낌이었고 그 사람에게 적대적인 감정이 솟는 거였다. 이상한 일이었다.

"제군들, 이제 오늘로써 이론 수업이 끝났다. 내일 제군들은 오존층으로 올라간다. 부디 이 지구를 멸망으로부터 구해 주길 바란다. 목숨을 걸고 가는 일인 만큼 최선을 다해서 임해 주길 바란다. 이상 질문 있나?"

제임스가 손을 들었다.

"저희들은 오존층에 얼마나 머물게 되나요?"

"오존층의 구멍을 1차 투입으로 메꿀 수는 없다. 그러나 오존층의 핵을 잘 이용하면 빠른 시간 내에 귀환할 수 있다."

"그런데 핵에 저희들이 노출 될 경우는 없는 건가요?"

"제군들의 우주복은 특수하게 제작된 거여서 그런 걱정은 하지 않아도 된다."

동료들은 그런 그의 말에 안도하며 수료한 것과 동시에 오존층으로 올라간다는 데에 대한 흥분으로 술렁였다.

나는 기분이 착잡했다. 그날 밤, 우리 방에는 줄리, 나, 브람스가 모여서 내일 일을 의논했다. 하지만 모두 뾰족한 수가 생각나지 않았다. (계속)

결핍자

임근태

2123년 12월 31일 제3차 세계대전이 일어났다. 그 전쟁에는 미국과 동맹을 맺은 한국, 일본과 러시아와 동맹을 맺은 북한, 중국 그리고 테러 단체인 IS등 여러 국가가 참전한 이 전쟁은 40년간 지속 됐으며 전 세계 인구 약 75억 명 중 약 25억 명이 사망했고, 그중 약 2억 명이 중상 즉 반사 상태에 빠졌다. 핵무기는 지구의 환경에 큰 영향을 미쳤다. 핵 방사능 물질로 인해 생물의 6분의 1이 변질되었다. 그리고 인간들도 피해를 입었다. 그 피해는 처음에는 잘 몰랐다. 하지만 아이를 가지려고 하는 남자 여자는 달랐다. 바로 방사능에 피해를 입은 그 부부들이 임신을 하여 아기가 태어나면 인간 은 방사선으로 인해 특별한 능력을 갖게 된다. 그러한 능력은 우리는 영적인 능력, 영묘한 힘, 그것을 영장이라고 부른다. 그리고 그 힘을 갖고 있는 사람들을 re라고 부른다.

제1장 비극의 시작

이세하가 말했다. 2177년, 이세하 나는 올해로 16살이 되었다. 나는 이 전쟁이 끝날 당시에 태어났다. 어머니와 아버지는 전쟁 중 사망하셨다. 안타깝게도 아버지는 지금껏 유골조차 돌아오지 못 한 채로 전쟁은 끝났고, 그 피해는 전 인류에게 돌아갔다.

지금 내가 사는 마을은 전쟁이 끝난 이래 그나마 몇 안 되는 인류들이 군데군데 흩어진 채로 가까운 종족이나 민족끼리 모여서 살고 있는 작은 단위의 국가, 혹은 마을 같은 곳이다. 세계 각국으로 퍼져 나간 방사능 물질은 환경의 변화를 불러 왔고, 그러한 영향이 그나마 적게 미친 곳으로 찾아들어 살게 된 곳이 그러한 작은 단위의 마을들이었다. 세하와 니아는 그곳에서 태어나 살았다. 친구들도 많았다. 그 중 가장 친하게 지낸 친구가 나의 6년 지기 소꿉친구 니아다.

'아 맞다!'

무엇인가 생각난 듯 이세하는 웃옷을 껴입고 급하게 밖으로 뛰쳐나갔다. 그렇게 급하게 달리던 중 어딘가에서 시끄러운 소리가 들렸다.

'빵! 빵!'

세하는 그 자리에서 굳은 표정으로 말하였다.

"아 제발……. 안 돼. 니아가 기다리고 있어. 늦었어."

한 마디 간절한 기도가 외마디 비명 속으로 사라져 버렸다. 그와 동시에 세하가 쓰러졌다. 세하를 지나쳐 가고 있는 것은 큰 트럭이었다. 트럭은 세하를 치고 앞으로 미끄러지듯 나갔다. 세하가 쓰러진 길 주위는 붉은색 피로 물들었다. 온몸의 뼈마디가 골절되고 머리에서는 피가 주르륵 쏟아져 내리고, 몸통과 팔 다리에서는 살점이 뜯겨져 처참히 뿌려져 있었다. 그런 가운데서도 세하는 자신도 모르게 앞으로 나아가기 시작했다. 목적도 분명하지 않은 채 그냥 살기 위해 살고 싶어서 앞으로 나아갔다. 그냥 계속, 그렇게 움직이던 세하는 자신의 눈을 의심하지 않을 수 없었다. 자신을 치고 빠져나갔던 그 트럭 안에서 소꿉친구인 '니아'가 있는 것을 보았던 것이다.

"아아아

아아아아아아아아아아아아아아아아아아아아아아아아아아아아아아
아아아아아아아아아아아아아아아아아아아아아아아아아아아아아아
아아아아아아아아아아아아아아아아아아아아아아아아아아……. 대체 왜……. 왜!!네가 도대체 왜!"

그렇게 세하의 의식은 서서히 꺼져 갔다. 그 순간 트럭에서 내린 니아의 입이 귀에 걸릴 정도로 웃고 서 있는 것을 어렴풋이 보았다.

'왜?'라는 물음을 간직한 채 어딘가로 옮겨진 이세하가 눈을 떴다. 자신의 침대 발치에서 니아와 의사 선생님이 마주 서서 무엇인가에 대해 주고받으며 이야기를 나누고 있는 것이 보였다.

"엇!!왜 내가? 그리고 넌?"

"뭔 소리야? 교통사고 당한 너를 내가 데리고 온 거 기억 안 나? 근처에 다행히도 의사 선생님이 계셨서 망정이지. 하마터면 큰일 날 뻔했어. 다행히 발견될 때 큰 상처가 아니어서 목숨을 건진 거야."

니아가 명랑한 목소리로 말했다. 그 후 의사가 나갔다. 세하는 인상이 바뀌면서 말했다.

"니아 넌 나와 만나기로 약속을 해 놓고 왜 트럭에 있었던 거지? 그리고 사고를 낸 거지? 도대체 무슨 속셈이야!!"

니아의 얼굴이 오싹해졌다. 무엇인가 생각에 잠기는 듯했다.

'아……, 기억이 있는 건가? 그럴리가 없는데, 그렇다면, 육체뿐만 아니라 정신까지도 재생이 된다는 것인가? 오! 더욱 놀랍군,'

니아의 생각이 복잡하게 돌아가고 있었다. 니아는 뭔가 결심한 듯 세하에게 말을 붙였다.

"그래 이세하, 내가 너를 죽였어."

"뭐……?"

놀란 세하는 금방 침착해지려 하였지만 놀란 가슴을 멈출 수가 없었다. 세하는 침착해지려고 노력했다. 아무리 자신이 정신적으로든 육체적으로든 죽어도 지금 이 세상에 멀쩡히 누워 있는 것이다. 얼마 전까지 분명히 내 몸에서 솟구치는 피와 갈가리 뜯겨져 나간 살점, 깨지고 부러져 버린 뼈들로 만신창이 된 채 무언가에 이끌리듯 트럭을 따라 가다가 그 안에 앉아 있는 니아를 분명 본 것이었다. 그런데 지금 이 병원에 발을 디디고 있고, 자신의 육체는 변함없이 만져지며, 그저 멍한 머릿속과 어딘지 욱신거리는 듯한 살들, 그리고 니아가 자신의 눈앞에서 서 있다는 사실이다.

'이걸 어떻게 설명해야 할까? 어떻게 이해해야 할까?'

그렇게 세하는 냉정하게 상대를 적대시 여기는 표정으로 니아를 보며 말했다.

"단도직입적으로 말해. 난 어떻게 이곳에 있고, 니아, 넌 누구지?"

"이세하, 내가 아는 너는 이렇게 냉혈하지도 침착하지도 못해……. 하지만 이제 뭔가 달라진 것 같군. 들을 준비가 됐나? 그럼 말해 줄게. 너는 이 세계가 처해 있는 비극에 대해 알고 있니?"

"그게 무슨 말이야?"

세하는 잘 모르겠다는 듯 조이아의 말을 되물었다.

제2장 허황된 사실

"넌 re라고 알아? 제3차 세계대전 때 핵무기의 사용으로 인해 유출된 방사선의 심각한 피해를 들어본 적이 있니? 아이를 낳으려고 하는 성인 남자 여자가 방사능에 감염되면 그 즉시, 혹은 수일 내로 죽거나, 심각한 화상 등의 장애를 나타내게 돼. 그러나 우리 인류 중에는 특별한 성인 남녀들이 있어. 그들은 방사능의 오염이 그다지 큰 영향을 미치지 않는 특별한 사람들이야. 너의 부모님 등 사람들 중 일부가 그 특별한 케이스에 해당되는 사람들이야. 그리고 너도 그 중 한 명인 거야. 더욱이 그런 부모로부터 태어난 세하 너 같은 아이들은 체내에 남아 있는 방사선이 알 수 없는 형태로 아이에게로 전달되어 그 아이는 방사선에 감염된 채로 나오지. 여기서 문제가 있어. 감염된 극소수의 아기는 어떻게 되나? 바로 영장을 갖고 태어나는 거야. 영장이란 한마디로 '방사선에 감염된 인간의 능력으로서, 방사선에 의해 만들어진 특별한 영적인 힘' 그것이 바로 영장이야 알겠어?" 그리고 그 힘을 갖고 있는 사람을 우린 re라고 불러."

그러나 곧바로 이해할 수 없었던 세하가 말했다.

"그게 어째서 나와 연관이 있는 거지?"

"바로 네가 그 re이기 때문이야. 그 이유는? 나는 분명히 조금 전에 네가 거의 죽은 거나 다름없는 상태를 보았어. 그래, 넌 죽었었어."

"하지만 난 이렇게 살아 있어 어떻게 된 거지?"

"re는 인간의 상상을 초월한 특별한 능력을 갖고 있어. 너 같은 경우엔 치유 능력의 영장 같네. 네가 팔이 없어지든 그보다 더 심하게 아무리 아파도 다시 회복하지. 그러니까 넌 한 번 죽었다 살아났다고 말할 수 있는 거야. 그리고 re는 전 세계적으로 희귀한 케이스야. 그러니 이런 사실이 알려지게 되면 전 세계에서 널 잡으러 올지도 몰라. 이제 나에 대한 질문의 답을 해주어야 되겠지. 나의 정체는 re들이 잡히지 않도록 지원을 해주는 일을 하고 있는 소수의 특별한 그룹, 라그나로크에 속해 있어. 아까 그 의사 선생님이 바로 나를 키워 주신 아버지야. 너처럼 특별한 능력을 가진 re의 존재를 연구하고, 또 그들이 죽음을 원할 때 편안하게 죽을 수 있는 방법을 알아 낸 극소수의 연구자 중 한 분이셔. 난 그분을 도와주고 있고, 또 너를 아끼기 때문에 이 일을 하게 되었어."

"그럼 너 어째서 나를 죽일 수도 있는 위험한 그런 사고를 냈지?"

"음…… 그건 실험이었어. 네가 진짜 re일지 아닐지. 하지만 아버지와 난 너에 대한 확실한 믿음이 있었어. 그리고 때가 왔기 때문에 그렇게 하지 않으면 안 되었어."

"그러다 내가 re가 아니면? 그리고 때라니?"

"평생을 죄책감에 시달리며 살고 있겠지. 6년지기 소꿉친구를 내 손으로 죽였으니……. 하지만 난 어렴풋이 너의 놀라운 치유 능력을 어려서부터 보아 왔어. 본인 스스로도 그런 경험을 자주 했을 텐데, 기억 안 나? 어렸을 때, 언젠가 내가 뜨거운 물 주전자를 잘못하여 건드렸던 때가 있었어. 떨어지는 주전자를 순간적으로 세하 네가 나를 밀치고 붙잡았어. 그러자 주전자가 기우뚱하며 속에 들어 있던 뜨거운 물이 세하 너의 발등에 쏟아져 버렸어. 난 너무나 무서워 고함을 지르고 울었던 기억이 나. 그런데 넌 그냥 살짝 뜨거운 것처럼 태연하게 발등을 내려다보고 있었어. 그리고 양말을 벗었어. 그러자 벌겋게 익어 버린 살이 드러나고 금방 물집이 부풀어 올라 곧 터질 것만 같았지. 그런데 세하 네가 태연하게 부풀어 오른발의 물집을 툭 하고 건드려서 터뜨려 버리는 거야. 그리고는 쪼글쪼글해진 피부를 쓱 문질러 벗겨 버리는 데 그 안에 새 살이 하얗게, 아무렇지도 않게 말끔한 채로 드러나는 거야. 너도 기억날 거야. 알고 있지? 그때부터 너에 대해 신비한 기억을 가지고 있게 되었어."

잠자코 듣고 있던 세하가 다시 물었다.

"그런데 넌 언제부터 이 일을 한 거야?"

"약 2년 전이었어. 어쩌다가 re를 죽일 방법을 알아낸 지금 나의 아버지이신 분께서 re의 능력은 어떠한 이유 때문에 생긴다고 말씀하시는 것을 듣고 내가 알고 있는 re인 너를 지키기 위해 시작한 거였어. 그렇지만 네가 정말 re인지 아닌지 확실히 해 두어야만 했어. 그래서 조금 심한 실험을 감행하게 되었어. 하지만 나는 여러 번 너의 치유 능력을 옆에서 보았기 때문에 이 일을 하는데 크게 고민하지 않았어. 네가 죽지 않을 거라는 확신이 있었어."

"알았어? 그렇다면 또 다른 이유란?"

"때가 되면 알게 될 거야. 그건 그렇고 이세하, 이제 뭘 어떻게 할 거야?"

의지를 다진 듯한 이세하가 말했다.

"어딘가에 흩어져 살고 있을 re를 찾아서 이전 세계와 같은 지구를 만들어 온 인류가 함께 행복하게 살 수 있는 곳을 만들 거야. 그러기 위해서는 나와 같은 영묘한 능력 영장을 갖고 있는 사람이 필요해."

이세하는 벽돌로 된 병원에서 제대로 노래하지 못했고 조이아의 입가에 번지는 알 듯 말 듯한 미소를 바라보며 어딘지 모르게 의심쩍은 무언가가 다가오는 것을 느꼈다. 그러나 그것이 무엇인지 그 어떠한 이유는 알 수 없었다.

제3장 멤버

일주일 후 이세하는 가방을 싸며 말했다. 뭐 이걸로 된 건가? 아무리 못해도 굶어 죽진 않겠지. 그리고 현관을 나와 니아의 집으로 향했다. 세하는 벨을 누르며 휘파람을 부르며 여유롭게 기다리고 있었다.

그러자 갑자기 문을 열고 잠옷을 입고 있는 니아가 나왔다.

"이세하! 왜 이렇게 일찍 왔어!!"

이세하는 깜짝 놀라며 얼굴을 붉히고 다른 곳으로 시선을 돌렸다. 그도 그럴게 단추도 다 잠겨 있지 않은 잠옷을 입고 왔으니. 이세하가 다른 곳을 보며 말했다.

"너 왜 옷차림이 크흠 그거 그렇고 빨리 준비해 슬슬 떠나야 되잖아? 하긴 그렇지 알았어. 빨리 준비할게."

몇 분 뒤 니아가 나왔다.

"가자 re를 찾으러 일주일 전 이세하! 그런데 re들은 어떻게 찾을 거야? 정보도 없잖아."

"니아, 아니야. re는 영적인 힘을 갖고 있는 사람이잖아. 그럼 그 지역엔 특별한 소년, 소녀가 있다는 소문이 돌고 있을 거야 그럼 우린 그 소문을 쫓아 대상자에게 가는 거야 음……. 예를 들어 용을 다룬 다던 든가. 모든 걸 막는 방패를 소환한다든가……. 그런 거.

무언가를 아는 듯한 표정으로 니아가 말했다.

"용을 다뤄? 그런 소문이라면 알고 있어. 일주일 후에 우리 집으로 와 같이 그 곳으로 가자."

일주일 후…….

"니아 우리가 갈 곳은 어디야? 음……. 전라북도 쪽으로 알고 있어."

깜짝 놀란 표정으로 말하였다.

"어어어에에에에에에에!!!! 멀어!!!! 그래서 니아, 어떻게 갈 거야?"

고민하는 듯한 표정을 지으며 니아가 말했다.

"걸어서?"

당황한 세하가 말했다.

"그건 정말 안 돼. 불가능해. 우리 지금 여기 서울이라고……. 그렇지만 우리 아직 미성년자고 자동차도 없어. 너희 아버지에게 부탁해 봐."

일단 해볼게. 몇 분후 우리 조직 라그나로크에 공중함이 있어서 그거 타기로 했어. 아무리 전쟁이 일어나도 22세기니 과학은 위대하다고 공중함을 타고 가면 5분밖에 걸리지 않을 거야. 빨리 가자."

안심한 표정을 한 이세하가 말했다.

"그래, 빨리 가자!!"

세하와 니아는 공중함에 타고 전라북도에 갔다. 세하는 강렬한 햇빛을 막기 위해 손을 눈썹에 올려 햇빛을 막으며 말했다.

"눈부시네. 그것보다 그 용을 다루는 애는 어디 있어?"

그때 지나가던 니아와 세하 또래로 보이는 한 소년이 지나갔다. 세하는 그 아이에게 물어봤다.

"저기 이 지역에 용을 다루는 사람이 있다고 들었는데 아시나요?"

그 아이는 무언가 아는 듯이 말했다.

"그 사람 전데요."

세하와 니아가 놀라며 당황하였다. 그도 그럴 것이다. 왜냐 하면 몇 명에게도 물어봐서 못 찾을 수 도 있었던 그를 도착 하자마자 찾을 수 있던 건 놀랄 일이기 때문이다. 세하는 말했다.

"너 이름은?"

"신태성인데요."

"너 우리 라그나로크에 들어와라."

"예??? 그게 뭐죠?"

세하는 한탄하듯이 말했다. 역시 아무것도 모르는 건가.

"니아 태성이에게 알려줘."

수십 분 후 신태성은 이세하에게 걸어왔다.

"세하 씨. 저희 가문은 대대로 용을 다루는 가문입니다. 5백여 년 정도 전, 한 청년이 용에게 갔습니다. 용이여 왜 슬퍼하십니까? 용은 답했어요. 우리들 용을 다루는 인간들이 전쟁으로 인해 죽어 가고 있지 않느냐. 용이시여, 그럼 저에게 용을 다룰 수 있는 힘을 주세요. 용은 궁금해하며 말했어요. 이유는? 용의 힘으로 이 전쟁을 막겠습니다. 그래 좋다. 나의 힘을 나누어 주마. 전쟁을 막아라. 여기까지가 용을 다루기 시작한 신 가문의 이야기입니다. 하지만 저는 용을 다룰 수 없었습니다. 하지만 거의 다섯 살에서 열 살 때까지의 기억이 없지만 그 이후로 용을 다루게 됐습니다. 갑자기 제가 용을 다루게 된 이유는 제가 re이기 때문인가요? 그리고 저의 영장은 용인가요."

세하가 말했다.

"태성 씨. 저도 잘은 모르지만 저의 영장은 아마 인간을 초월적으로 뛰어넘는 치유력으로 생각됩니다. 저희 라그나로크에 들어오신다면 그 용의 힘을 더 잘 다룰 것입니다. 라그나로크에 들어와 주세요."

비장한 표정의 태성이가 말하였다.

"네, 그렇게 하죠."

세하와 태성 그리고 니아는 다시 공중함을 타고 본부에 돌아왔다. 그리고 니아 세하 태성은 또 다른 re를 찾으러 나섰다. 그리고 본부에 돌아온 후 부대장이 기다리고 있었다. 그 부대장은 말했다.

"너희들의 영장을 알려주지."

세하는 고개를 끄덕였다.

"여러 지역에서 찾은 re들의 영장은 태성(흑발): 룡과龍戈용을 다루는 창을 소환할 수 있다. / 미윤(초록색 머리카락): 윤회간輪廻干 같은 서울 지역에서 소문을 듣고 발견 영장은 모든 것을 막고 처음으로 돌리는 방패 형태를 변형할 수 있는 것 같지만 영력이 부족 / 진성(금발 : 진동의 세기를 조종 가능 / 세하(심홍색 머리카락): 인간을 초월한 초재생력으로 '추정' / 니아(은발) : 윤멸도輪滅刀 모든 것을 베는 검 여기까지다. 그리고 이세하, 너의 몸에는 두 개의 영장이 있다. 초재생력은 너의 영장이 아니야. 하나의 영장의 작은 능력 밖에 안 되겠지. 영장의 능력 발현의 방법은 때가 되면 알 것이다."

"그 때는 언제 오는 거죠?"

"조만간 올 것이다. 이세하, 이제 너는 어떻게 할 것이지? 한국의 있는 re는 나의 정보력으론 여기까지다."

고민하는 듯한 세하는 말했다. "

아직은 잘 모르겠어요. 일단 최대한 능력을 키우기 위해 훈련을 해야겠죠."

"그래 알겠다. 너희들은 어떻게 할 거지?"

"저희는 이세하를 따라갈 겁니다."

우리는 3년간 훈련을 해왔다. 미윤이는 자신의 영장 윤회간의 형태를 변형할 수 있게 되었다. 하지만 세하는 1년 전 영장이 폭주하였다. 그 영장은 초재생력의 원본이 되는 것이었다. 지금은 모두 회복하였다. 세하는 말하였다.

"정부를 박살낸다."

당황한 모두가 말했다.

"왜??"

"세상은 썩어있어 자신과는 다르다는 이유로 잡아가려 하잖아. 2개월 전 태성이는 잡혀갈 뻔했어 너희들은 분하지도 않아???? 우리는 19살이 됐어 나라는 어차피 망했어. 당신이 우리를 믿는다면 정부의 거처를 알려 줘."

부대장이 말하였다.

"그 뜻을 받들지요 왕 이시여……."

세하가 놀라며 말했다 "

왕이라뇨?"

"아무것도 아니다."

"일주일 안에로 쳐들어갈 수 있게 해 주세요."

"그래 알겠다."

제4장 대전

일주일 후 안개로 흐려진 밤 달은 붉은 달이었다. 세하는 놀라며 말하였다.

"이곳인가. 한국에 이런 철탑이 있는 줄은 몰랐는데……."

니아가 말하였다.

"부대장의 말에 따르면 철탑 위에 지하로 갈 수 있는 마스터키가 있나 봐."

세하는 비장하게 말하였다.

"그럼 내가 갇다 올게!"

세하가 걸어가던 중 총소리가 들렸다. 세하는 급히 뒤를 돌아보았다. 니아는 진성이의 목을 붙잡고 어깨부분에 총을 쐈던 것이다. 세하는 눈이 빠질 찢어질 정도로 크게 뜨며 소리질렀다.

"어……. 어째서!!!!"

그 순간 세하는 어떠한 소리를 들으며 쓰러졌다. 촤릉 촤르르륵 촤랑. 검은색 사슬의 소리였다. 태성이가 소리 질렀다.

"진성아!!! 세하야!!! 큭. 나의 용이시여 저에게 전쟁을 막을 창을 룡과!!!!"

그 순간 태성은 니아에게 달려 갔다.

"모든 것을 처음으로 돌려 멸하는 검이여 윤멸도!"

니아는 윤멸도를 소환하여 룡과를 막았다. 니아는 윤멸도로 룡과를 막으며 태성의 배를 뚫었다. 태성은 피를 토했다 출혈은 심하였다. 미윤이는 윤회간을 사용하여 진성과 태성을 업고 피하였다. 하지만 윤멸도로 미윤이의 등을 베어 버렸다. 죽을 정도의 상처는 아니었지만 큰 중상이었다……. 그 후 모두 기절 하였다. 한편 이세하는 주변을 돌아보면서 말하였다.

"검은 쇠사슬은 나의 손목과 발목 몸을 묶었다."

그리고 이세하의 눈앞에는 한 어린남자아이가 있었다.

"누구지……."

그 아이는 그 누구도 아닌 자신의 어릴 적 모습 이었다. 어린 세하는 온몸에 상처가 있었으며 피를 흘리고 있었고. 눈 밑에는 다크서클이 있었다. 세하는 말하였다.

"너는……. 그리고 이곳은?"

어린 세하가 질문에 답하였다.

"나는 너의 영……. 아니 너의 내면이라고 해두자. 그리고 이 곳은 너의 마음이야."

"나의 마음……? 이런 검은 쇠사슬 같은 데가 내 마음이라는 건가…….”

“너도 알잖아. 너는 네가 살아온 6년을 모르잖아?”

세하는 눈을 피했다. “이세하, 눈을 피하지 말아 줘.”

그 소리는 이 장소를 울렸다.

“이세하 네게는 힘이 없어. 악의를 갖고 대가를 원해라, 어서!!!”

한편 세하의 몸은 눈이 빠지고 막대한 검은 피를 쏟고 몸에서는 검은 쇠창살이 나왔다. 진정될 때쯤 폭주한 이세하는 니아를 공격하였다. 니아는 오른팔을 검은 쇠사슬에 긁혔다. 하지만 니아의 영장은 모든 걸 뚫는다. 그렇기에 모든 걸 막을 수 있다. 그 특성을 이용하여 단숨에 폭주한 이세하의 배를 갈랐다. “어서!! 어서!! 이세하는 대가는……. 대가는!!”

그 순간 검은 쇠사슬에 묶여있는 세하는 배에 극심한 고통을 느끼며 깨어났다. “으으으으아아아아아아아아아아아아아아아아아아아아악……. 아파, 아프다고. 하아 하아 하아 으으윽 하아. 니아, 왜 죽인 거야.”

“죽이진 않았어. 전투불능으로 만든 거야.”

그때 약 200명 정도의 군인들이 총을 갖고 이세하와 니아를 둘러쌌다. 니아는 그들에게 손짓을 하며 대기하라고 했다.

“이세하 죽기 전이니까 말해 줄게. 진정한 진실을.”

第5장 진실

“re는 방사선 조작으로 인해 태어난 인간이 아니야. 인간들이 새로운 종족을 만들기 위한 시험이다.”

이세하는 절망한 듯 망연자실하였다.

"기억이 있는 애들도 없는 애들도 있지. 나는 그 실험의 두 번째 성공작이다. 우리 아버지는 이 실험에 반대하셨지. 그리하여 반란을 일으켰다. 그 반란의 이름은 라그나로크. 하지만 실패로 끝났지. 나는 그 이유 때문에 이 힘을 얻게 됐어. 하루에 몇 번씩 주사를 놓으며 살은 찢어지고 구멍이 났지. 결국엔 뇌가 녹고 눈이 빠져 죽은 아이도 있었어. 그 시절은 너무나 고통스러웠어. 그래서 나는 탈출했지. 평화롭지 않아도 아프지 않고 평범한 생활을 원했지. 탈출은 성공했어. 하지만 너덜너덜 해진 옷, 돈은 한 푼도 없었지. 그렇게 포기하려던 나를 아버지의 라그나로크에 참가한 부대장, 지금의 나의 양아버지에 해당하는 사람이야, 그 사람 덕분에 나는 그렇게 행복하고 평화로운 평범한 생활을 누릴 수 있을 거라고 믿었어. 하지만 네가 re라는 것을 알려 주기 몇 개월 전 정부쪽에서 나를 찾아와 협박했지, 살고 싶으면 re를 찾아라. 그때 난 알게 되었어. 우리들 실험 성공작들은 아무 능력도 없었지. 그래서 발현시키게 하기 위해서 도망가게 한 거야. 능력의 발현 조건 성공작들은 자신의 결핍된 부분을 찾는 것, 다른 re들은 연구소에서 성공했지만 나는 아니야. 도망친 것조차 계획의 일부, 나는 저들의 손에서 벗어날 수 없다는 절망감을 느꼈어."

갑자기 큰소리로 니아는 말했다.

"이 절망감이 이 기분이 어떤 줄 알아!!!"

이세하는 입을 떼며 말하였다.

"어. 알아 나랑 같구나."

"뭐라고?"

"나는 첫 번째 성공작이야. 나는 그 누구보다 아픈 경험을 했어. 이 치유 능력도 억지로 개방된 거야 나의 부모님은 내가 태어나자마자 살해당하셨어. 그리고 난 정부에 잡혀 연구실에서 갖가지 고문을 당했지. 그들은 반지름 2cm 방사선 주사기를 단 여덟 살짜리 꼬마에게 투여했지. 나는 자신에게 결핍된 부분이 치유력이라 생각한 거야. 사실 나의 영장은 그것이 아닌데. 팔이 잘려도 장기를 갈아도 잘라도 다시 재생되지. 나는 이 경험을 10년간 했어. 그리고 나는 정부의 의해 연구자들에 의해 10년의 기억을 잃었다. 정부는 진정한 영장을 위해 양친이 되어 줄 부모를 찾아 나를 입양시켰다. 나는 3년간 가정 폭력을 당해왔어. 하지만 금방 회복 됐지. 그래도 나에겐 희망이 있었어. 니아, 바로 너야."

니아는 눈물을 글썽였다.

"니아, 너는 나의 한 줄기 빛이자 희망이었어.

"그럴 수가……."

마침내 니아는 눈물이 터져 나왔다. 눈물은 멈출 기세를 보이지 않았다.

"미안해. 나는 그런 줄도 모르고……. 그래도, 그래도 나는 살고 싶었어. 방법이 없었어!! 미안해, 미안해 괜찮아! 우린 친구잖아!!"

눈물은 멈추지 않았다.

"미안해. 하지만 이제는 어쩔 수 없어. 흑 하아 하아 미안……해."

니아는 울며 큰 소리로 말하였다.

"전원 발사 준비!!!!! 으아아아 미안해. 미안해. 흐윽."

이세하는 아련한 미소를 보이며 손을 니아의 볼에다 얹으며 말하였다.

"괜찮아. 너의 이 눈물을 다시 태어난다 해도 잊지 않을게."

"발사아아아아!!!"

약 2백 명의 군인들은 총을 동시에 들며 이세하에게 쐈다.

"절대 잊지 않을게, 니아……."

그 총알들은 세하의 머리 눈 목 다리 그리고 심장 빠진 곳 없이 모든 곳을 관통하였다. 그 후 니아는 태성이와 미윤, 진성이 있는 곳으로 가서 말하였다.

"다시는 우리 근처 오지 마. 이대로면 너희는 잡혀. 어서 가."

그렇게 미윤, 태성, 진성은 도망 갔다. 세하의 육신조차 찾지 못한 채. 세상을 바꾸는 것은 불가능하다. 작은 체제조차도 이 세상은 불가능한 것뿐이다. 우리는 그 불가능을 부수려고 한 것뿐이었다.

제6장 환생

3년 후 나의 첫 기억은 희미한 소리였다. 제1방사선 투입!! 그리고 엄청난 고통이였다.

"으으아아악가가아아각가아아악. 그만, 그만해 주세요. 제발! 으아아악."

배는 갈려 있었고 눈에는 피가 또 다른 한쪽 눈은 뽑혀 있었다. 몸 중간중간에는 구멍이 있었고, 피가 흘러나왔다. 하지만 그 모든 것은 재생하였다. 다음날 상처투성이의 몸을 이끌고 집인가 아닌가 하는 곳으로 세하는 돌아왔다. 그곳에는 은색 머리카락의 소녀가 서 있었다.

"니아, 돌아왔어. 실험은 괜찮아? 아니 여전히 고통스러워. 나는 내가 살아온 19년을 모르니까. 하지만 나는 스물세 살의 육체. 니아 너는 왜 아무 것도 알려주지 않는 거야?"

니아는 작은 목소리로 말하였다.

"네가 약속했으니까, 나를 잊지 않겠다고. 하지만 넌 날 잊었어."

"니아, 그건 됐고 우리 오랜만에 밖으로 나가자. 우리 밖으로 나간지 오래됐잖아."

"그래, 세하야."

세하와 니아는 옷을 입고 밖으로 나갔다. 그곳에서 본 풍경은 최악이었다. 전쟁으로 폐허가 된 마을. 생물이라곤 볼 수 없었다. 그곳에서 있었던 사람은 우리뿐만이 아니었다. 초록색 머리카락의 소녀와 금발의 소년과 흑발의 소년이었다. 그 순간 이세하는 눈물을 흘렸다.

"어. 뭐지?"

그리고 세 명의 소년 소녀는 니아와 세하에게 걸어왔다. 한 소녀가 세하에게와 안기며 말했다.

"세하야! 돌아왔구나.

"그때 니아는 세하의 뒷목을 치며 기절시켰다. 세하는 쓰러지려고 할 때 소녀는 세하를 받아채며 말했다.

"니아, 무슨 짓이지?"

니아는 싸늘한 눈빛과 차가운 얼굴을 하며 말했다.

"다신 오지 말라고 했을 텐데 네가 아는 세하는 이제 없어, 미윤."

"뭔 말이지?"

"미윤아, 너는 그날 보았어. 세하의 몸 전신이 탄환으로 꿰뚫어지는 모습을. 너희들도 마찬가지야, 태성, 진성. 나는 지켜야만해, 세하를."

그리고 니아는 집에 가서 세하를 놓고 다시나와 미윤이에게 왔다. 미윤이는 불만 있는 듯이 말하였다.

"누가 그를 되찾을지는 어떻게 할지 알지?"

미윤이는 영장을 들었다. 그녀의 영장은 과거와는 또 달라졌다. 그녀의 영장은 옷이 생겼고 생김새는 하얗고 밝고 아름다운 옷 영장과

무기 영장이었다. 니아도 달라졌다. 푸른 천사의 옷과 같았고, 검은 매우 길었으며 아름다웠다. 그 둘은 엄청난 속도로 날아 검을 맞부딪쳤다. 땅은 깨졌으며 주변에는 바람으로 지성과 태성을 밀어 냈다. 그렇게 살은 베이고 피는 계속 흘렀다. 그때쯤 세하에게 누군가 찾아왔다. 세하는 아무도 없는 집에 혼자 있고, 그녀들이 전투하는 곳은 멀리 떨어져 있기 때문이다. 찾아온 사람은 바로 라그나로크의 총대장이었다. 총대장은 세하의 19년을 알려 준다고 하였다. 총대장은 가방에 있던 가위를 꺼냈다. 총대장은 꺼낸 가위로 세하의 눈을 넘어 뇌에까지 다다를 깊이로 찔러 넣었고, 가위를 빼면서 눈이 빠져나왔다. 세하는 고통에 몸부림쳤다. 그리고 총대장은 말하였다.

"이것이 너의 과거의 고통이다."

세하는 고통에 몸부림치며 말하였다.

"너는 누구야? 대체 나에게 왜 이런 짓을 하는 거지?"

이게 나의 고통이라니, 나는 누구야? 너는 나에 대해서 아는 거야?"

총대장은 안쓰러운 눈빛으로 세하를 바라봤다.

"넌 그 고통의 몇십 몇백의 고통을 짊어지고 있다. 기억해 내라. 너의 무게를 알고 있잖아. 너에게는 모두에게 받은 신뢰할 수 있는 지킬 수 있는 정신을 받았잖아. 기억 해내 너의 과거를."

"나의 과거?……."

미윤과 니아는 수십 분간 엄청난 속도로 싸웠다. 니아는 미윤의 심장 부분을 노렸지만 미윤은 방패를 검으로 바꾼 후 피했다.

그때 완벽하게 니아의 등이 보이는 기회를 발견한 것이다. 미윤은 그 등을 찌르려 하였지만 등 뒤에 칼을 다시 소환, 그리하여 공격을 막은 후 미윤과 니아는 뒤로 피한 뒤 니아는 재빨리 공격했다. 그때 어디선가 목소리가 들려왔다.

"미윤아!!!!!"

세하였다. 세하는 니아의 공격을 막았다. 세하의 모습은 붉은 피를 두르고 있고 심홍색의 보석을 띄우고 있었다. 그는 말하였다. 구하러 왔다고.

"미윤아 그리고 니아, 돌아가자 라그나로크에."

니아는 갑자기 뛰어 들어왔다. 니아는 세하를 진심으로 죽이려 들었다. 세하는 심홍색 보석을 조종하며 니아를 제압했다. 세하는 아련한 눈빛으로 말하였다.

"절대로 그 눈물을 그 슬픔을 다신 보게 하지 않을게."

니아는 눈물을 흘리며 말하였다.

"세하야……. 그렇게 전투는 끝이 났다. 라그나로크에 돌아온 모두는 짐을 정리했다. 그 후 세하는 말했다.

"나는 이제 정부 그리고 이 나라에 대한 체제를 바꾸겠어."

세하는 그렇게 결심하였다. 그들은 정부의 본부인 철탑으로 가기 일주일 전 니아가 말했다.

"미윤아, 태성아, 진성아, 말할 게 있어. 뭐지? 이번 전투(대전)에선 세하는 같이 가게 하지 않을 거야."

놀란 미윤이 말하였다.

"왜? 세하는 나의 책임도 있지만 그날 거의 반죽음 상태를 겪고 살아났어. 다시는 그런 일이 일어나지 않게 하려는 거야 부탁해, 얘들아. 절대로 그때와는 같은 일을 겪게 하고 싶지 않아."

미윤과 태성, 진성이 말했다.

"그럼 어쩔 수 없네, 그래 세하는 두고 가자."

일주일 후 니아는 세하에게 가며 말했다.

"미안해, 세하야. 니아는 세하의 뒷목을 쳐서 기절시켰다."

그후 미윤 진성 태성은 그곳 철탑으로 향했다.

제7장 마지막 대전

철탑에서 미윤이는 말했다.

니아, 네가 저번에 말했던 마스터키는 진짜였나?"

"그래, 진짜다. 이 정보만은 진짜다."

"그럼 다 같이 가자."

"그래."

니아와 미윤 진성 태성은 마스터키를 가지러 가던 중 그 앞에 은발의 소녀 한 명이 나타났다. 니아는 눈을 크게 부릅뜨며 말했다.

"어떻게 여기 있는 거야? 언니."

놀란 태성이 말하였다.

"언니라니, 어떻게 된 거야, 니아!"

이건 내가 실험실에서 탈출할 때였어. 나에겐 언니가 있었다. 하지만 정부에게 잡혀 죽은 걸로 알고 있는데? 나엔."

"훗 기억하고 있었을 줄이야, 니아. 그날 나는 정부에 잡혀 실험을 계속 당했지 그리고 난 성공했다. 정부의 첫 완전한 성공작이다. 그리고 정부엔 이미 너희 숫자는 뛰어넘는 re를 갖고 있다. 그리고 첫 번째 성공작, 이세하 그는 이 세상을 구하거나 부순다. 그는 우리의 왕, 그는 우리의 희망, 그를 따라서 우리는 움직인다. 그의 안에 있는 왕의 힘을 따르는 거다."

나엔은 광기에 떤 미소로 말했다.

"나, 아니 우리는 너희를 죽인다."

나엔은 영장을 꺼내며 먼저 진성의 심장을 잡아 터뜨렸다. 그후 바로 태성에게가 '손'으로 머리를 꿰뚫었다. 미윤은 재빨리 영장을 꺼내 나엔을 공격했다. 이세하는 기절에서 깨어나 바로 철탑으로 향했다. 그는 넘어져도 달려갔다. 그리고 그가 철탑 앞에서 본 풍경은 태성은 머리가 뚫려 있고, 진성은 심장이 터져 있으며, 니아는 쓰러져 있었다. 미윤은 팔이 하나 잘려 있었다. 그 순간 세하는 무릎을 꿇고 쓰러지며 눈앞에는 검은 쇠사슬이 세하 자신을 묶고 있었다. 근처에는 자신의 어릴 때의 모습을 한 소년이 있었다.

"오랜만이네, 세하. 너는 누구지?"

"아, 그러고 보니 정체를 안 밝혔던가? 나는 너의 영장, 영장은 옛날의 살았던 영웅 사람의 능력을 인격을 가져오는 것이다. 보통은 몸의 주인과 일체화하여 몸의 주인에게 힘을 주는데, 나는 조금 달라서 말이야. 나의 영장은 엑스컬리버Excalibur, 나는 과거에 아서다. 자, 검은 쇠사슬로 뒤덮인 이 칼을 뽑고 악의의 대가를 바라고 그 무엇도 바라지 않는 자가 되어라. 너의 대가는 뭐지?"

나의…… 나의…… 대가는!!"

그가 깨어났을 때 미윤이와 니아는 살아 있었다. 그의 영장은 몸 주변에는 검은 쇠사슬과 붉은 쇠사슬 하얀 쇠사슬이 둘러져 있었고 검은 엑스칼리버였다.

"나의 대가는 정의다."

그 검으로 나엔과 그 부하들은 모두 죽어 갔다. 세하는 눈에 영혼을 잊은 채로 앞으로 나아가며 모두를 베어 나갔다. 그렇게 베어 나가며 결국엔 미윤마저 몸과 몸 심장까지 찔러 죽였다. 그는 더 이상 인간이 아니었다. 니아는 말했다.

"돌아오라고. 이건 네가 아니라고."

세하는 몸부림쳤다. 고통스러워하며 자신이 누군지도 모른 채 앞으로 나아갔다. 자신과 아서의 인격을 갈아타며 혼동하고 있었다. 그는 그렇게 니아를 제외한 정부에 있는 모든 '인간'이란 생물을 모두 죽였다. 그렇게 그는 쓰러졌다.

제8장 깨달은 자 realize

세하는 말했다.

"아서, 대체 왜…… 대체 왜 이런 짓을 하는 거지?"

"나는 알았다. 인간 따윈 필요 없다고 그러니 이 세상 부순다. 그리고 네가 원한 대가는 정의가 아니었나? 모든 이치를 '합리화'시키는 정의 말이다. 너는 사람을 죽이는게 싫어서 친구들을 지키기 위해 정의라는 이름 아래 합리화시킨다. 나는 너의 진심, 모두가 죽기를 바라는 너의 진심이다. 그래 그랬을지도 몰라. 하지만 지금은 달라. 나는 이 세상에서 그 무엇으로도 합리화시키지 않고 re를 모두 죽이겠어. 그래 're는 realize 깨달은 자'다 나는 앞으로 나아간다."

세하는 일어났다. "니아, 나는 re를 모두 죽일 거야. 그중에는 너도 포함되겠지. 물론 나도 마찬가지야. 니아, 그래서 말인데 제일 마지막에 나와 함께 죽어 줄 수 있어?"

니아는 기쁜 듯이 대답했다.

"응! 너와 함께라면 그 어떤 것도 견뎌 낼게!"

세하는 눈물을 터뜨리며 말했다.

"고마워……. 고마워……. 그리고 미안해……."

"괜찮아, 네가 나의 눈물과 슬픔을 잊지 않아준다면 물론 나도 너의 눈물과 슬픔을 잊지 않아 줄게……."

세하는 전장에서 벗어난 후 바로 라그나로크의 본부에 가 자신의 의지를 밝힌 후 니아에게 목걸이를 받고 바로 서양 쪽으로 향했다. 그곳에 있는 re들을 없앤 후 동양 등 여러 지역을 다니며 re들을 없앴다. 그리고 한국으로 돌아와 라그나로크의 re인 멤버들을 죽인 후 세하와 니아가 둘이남고 세하가 말했다.

"니아, 나는 너의 눈물 슬픔 웃음 너의 모든 것을 잊지 않을게."

니아가 말했다.

"나도 너의 눈물 슬픔 웃음 너의 모든 것을 잊지 않을게."

세하가 말했다.

"우리 다시 태어나도 잊지 말자. 우리의 모든 걸, 친구들의 마음도 모든 것을……."

그 후 어딘가에서 큰 총격의 소리가 들렸다.

"우리 절대로……. 절대로……. 잊지 말자……."

상벌 제도에 대하여

한지훈

상벌 제도는 학생들의 행동에 따라 상과 벌을 주는 제도를 말한다. 이 제도는 2007년 교과부에서 교내 체벌 금지를 위해서 도입된 제도이다. 체벌이 사라지면 학생들의 인권은 지켜질 수 있다. 그러나 학교 내에는 많은 문제점이 있다. 학생들이 모두 다 선생님의 말을 잘 듣는 것은 아니니다. 그러다 보니 학생들의 훈육을 위해 도입된 제도가 상벌 제도이다. 그러나 이러한 상벌 제도가 교사 학생간의 신뢰를 바탕으로 자율적 규제로써 스스로 잘 지켜지는 긍정적 효과만 볼 수 있다면 얼마나 좋을까? 하지만 현실은 그렇지 못하다.

한창 성장기에 있는 학생들이 상벌에 얽매이다 보면 학생들이 순수하게 자라나기가 어렵다. 항상 남의 눈치와 의식적인 선행, 또는 잘못을 감추려는 경우까지 생길 수 있기 때문이다. 특히 요즘처럼 학생 기록부가 상위 학교 진학에까지 영향을 미치는 경우는 그 피해가 더욱 심각할 수 있다. 차라리 학생이 잘못을 했을 때 손을 들고 벌을 서거나 종아리를 맞는 등, 일회성으로 끝나거나, 일회성 칭찬으로 끝나거나 상을 받는 것이 더 낫다.

또한 상벌 제도는 어른이 되어서도 자신의 인격에 영향을 미칠 수 있다. 학생 시절 내내 상벌에 시달리며 살아 오다 보니 스스로 상벌에 대한 강박증에 사로잡힐 수 있다. 이렇게 되면 항상 누군가로부터 인정받아야만 안심되는 그런 심리 상태에 빠질 수 있다. 세상은 어떤 보상 없이도, 또는 어떤 억울함이 존재하더라도 그것을 행해야 옳은 경우도 얼마든지 있다.

물론 상벌제도를 지금보다 더욱 인간적이고 완전하게 만들어 잘 이용하면 모르겠지만, 현재처럼 입시에 반영되는 경우는 너무 비인간적이며, 인간 스스로 위선과 가식의 세계로 빠져들 수 있게 만들 수 있다. 이것은 성장기 학생들을 상벌에 따라 자신의 행동을 결정하게 만드는 좋지 않은 습관이 될 수 있다. 예를 들어 사람이 쓰러졌는데도 사회 제도적으로 그런 것에 대한 상이 주어지는 것이 아니라면 어쩌면 외면하고 지나칠 수 있는 인격이 형성될 수도 있다. 실제로 상점을 받기 위해 가식적인 행동을 서슴지 않고 하는 학우들을 많이 만난다. 그리고 벌점에 노출이 많이 된 학생은 어느새 자포자기 같은 기분이 되어 더 나쁜 행동을 일삼는 경우도 보았다.

상벌 제도가 학생들의 전인적인 성장 발달을 위해 쓰이지 않고, 지금처럼 입시와 연결시키거나 학생의 학교 생활에 대한 잣대로만 정확한 쓰이게 한다면 의미 없는 교육 방법이 될 뿐이다. 따라서 상벌 제도와 같은 좁은 의미의 교육 제도로 학생들의 다양하고 능동적 표현 방식을 막기보다, 학생들 스스로 자신의 양심과 도덕을 지켜낼 수 있도록 하는 차원 높은 교육 프로그램을 개발하여야 한다. 예절은 무조건 어른 말을 듣도록 세뇌만 시키는 것이 아니다. 그렇다고 전통을 무조건 지켜야 하는 것은 더더욱 아니다. 상황에 맞는 적당한 배려와 인간적 소통이 존재하는 인격을 만들 수 있도록 교과 전반적인 테두리 안에서 교육을 하여야 한다. 결코 상벌이라는 단순한 점수 매기기에만 급급해서는 안 된다.

세일중학교

달

김유경

달아, 달아

왜 자꾸 날 쫓아오니

무명

김유경

아내가 내 손을 꽉 잡았다. 눈에 눈물이 가득할 아내 얼굴을 볼 자신이 없어 얼굴에서 손으로 시선을 내리면, 보잘것없고, 가난한 남편에게 시집 와 고생만 한 아내의 인생을 보여 주려는 듯 두 손 이곳저곳에는 굳은살이 박혀 있었다. 곱던 손조차도 변하게 만든 내가 미워, 차마 아내의 손을 볼 수 없어 손에서 조금 더 시선을 내리면 부푼 배가 보였다. 벌써 7개월이 된 새로운 생명이 커 가고 있었다. 이 아이가 태어나면 나라가 없다는 이유로, 아빠가 없다는 이유로 얼마나 많은 조롱을 받을지 상상조차 할 수 없었다. 아니, 하기 싫었다.

"안 갈 순 없는 거겠지요."

이미 낙담한 듯이 조용히 속삭이는 아내의 말 속에는 혹시, 하는 기대가 서려 있는 것을 느낄 수 있었다. 하지만 난 기대에 부응할 수 없다. 나라가 없는 슬픔을 알기에 우리 아이한테 그런 아픔을 주지 않기 위해서라도 나는 아내의 기대에 부응할 수 없다.

겨우 용기를 내어 아내 얼굴을 쳐다보면 아내는 눈물이 가득한 눈으로 나를 쳐다보고 있었다. 툭 건드리면 금방이라도 떨어질 것 같은 눈물을 지닌 눈으로, 빨개진 코로, 빨개진 눈시울로, 사시나무 떨리듯 떨리는 몸으로 아내는 눈물을 참으려 안간힘을 쓰고 있었다. 아내는 나랑 눈이 마주치자 미소를 지으며 입을 열었다.

"다녀오시지요. 다녀오셔서 부디 아이한테 나라를 주시지요."

아내의 말에 고개를 끄덕였다. 그래, 내가 다시 돌아오지 못하더라도 아이한테 나라만 다시 돌려주면 된다. 그렇게만 된다면 아이는 더 이상 부끄럽지 않은 인생을 살겠지. 나라가 없는 슬픔을 느낄 일도 없겠지.

나는 그렇게 생각하며 집을 나섰다. 눈시울이 벌게질 정도로 화창한 3월 첫날이었다.

기차 안은 사람들로 북적였다. 뭔가를 숨기는 듯한 표정과 몸짓으로 앉아 있는 사람들도 몇몇 있었다. 이 중에 그곳에 가는 사람은 몇 명일까. 또 그곳에 가서 살아 돌아올 수 있는 사람들은 몇 명일까. 알 수 없었다. 내가 살지, 죽을지도 모르는 상황에서 남의 생사까지 걱정할 시간은 없었다.

가만히 눈을 감고 도착하기를 기다리자 아내가 생각났다. 처음에 만났을 때 붉어진 뺨으로 있던 아내의 모습, 혼인할 때 연지곤지 어여쁘게 찍고 절을 하던 모습, 두 뺨이 어여쁘게 붉어진 채로 떨리는 눈망울로 날 바라보던 첫날 밤, 허리를 굽히고 농사를 하던 아내의 모습, 집을 나설 때 바람에 흔들리는 채 묶이지 못한 머리카락 사이로 날 바라보던 아내의 모습까지 모든 게 세세하게 기억났다. 아내는 아름다운 여자였다. 평생 사랑해도 모자랄 사람을 난 지금 과부로 만들고 있다. 아내가 보고 싶어졌다. 굳은살 박힌 손으로 내 손을 잡아 줬으면, 뱃속의 아이가 움직인다고 해맑게 웃어 줬으면, 내 눈앞에 아내가 있었으면…….

"살아서 돌아왔으면 좋겠구먼."

누군가 속삭이듯 말했지만 그 소리는 너무나 잘 들렸다. 아니 어쩌면 나에게만이 아니라 다른 사람들에게도 들렸을지도 모른다. 그 생각을 하는 누군가에게는 분명히 잘 들릴 만한 소리였다. 어쩌면 우리 마음이 스스로 입을 움직였을지도 모르는 일이었다.

공원을 향하는 발걸음은 쉽지 않은 걸음이었다. 누군가가 내 발목을 잡고 놓아 주지 않는 듯 발걸음은 쉬이 떨어지지 않았다. 그 곳에 가야만 한다는 것을 알면서도, 아내를 위해서라도 아이를 위해서라도, 나라를 위해서라도, 그곳에 가야만 한다는 것을 알면서도 발걸음은 떨어지지 않았다. 두려움. 그곳에 가면 살 수 있을지, 아내의 웃음을 다시 볼 수 있을지, 아이가 커 가는 모습을 볼 수 있을지에 대한 두려움이 내 발목을 잡고 놓아 주지 않았다.

잠시 가만히 서서 숨을 고르는데 아까 내 옆에 앉아 있던 학생이 비장한 표정으로 공원으로 향해 가고 있었다. 학생의 입을 꾹 다물고 눈은 앞을 바라보고 있었다. 아니, 앞이 아니라 독립을 바라보고 있는 듯했다. 학생은 발걸음은 군더더기가 없었다. 그 무엇도 학생을 막을 수 없다는 듯 학생은 빠른 발걸음으로 공원을 향해 갔다. 학생의 뒷모습은 세상 그 무엇보다 당당했고, 비장했다.

"가야 한다."

가야만 한다. 저런 학생도 가는데 내가 못갈 이유는 없었다. 난 아이가 있고 아내가 있다. 내가 죽더라도 아이에게 나라만 준다면 내 죽음도 가치 있을 것이다. 가야만 한다. 아이를 위해서 난 가야만 한다.

난 공원을 바라보며 발걸음을 옮겼다.

공원에 들어가자 내 걱정이 무색하게 사람들이 많았다. 사람들은 긴장한 듯이 얼굴이 벌게진 채로 있었고 개중에는 독립 후를 얘기하는 사람들도 있었다.

자신이 죽을 것을 알면서도 독립을 위해 와 준 사람들이다. 생김새도, 사용하는 말도 전부 다 달랐지만 사람들은 예전부터 알던 사람인 듯이 즐겁게 얘기를 나눴다. 사람들의 마음을 연 것은 동질감, 고마움일 것이다. 나라를 위해서 힘써 보고자 나온 사람들에 대한 동질감, 두려움을 이기고 나와 준 사람들에 대한 고마움. 사람들은 여러 감정이 섞여 있는 얼굴로 서로를 바라보며 얘기를 나누고 있었다.

"왜 시작한다는 얘기를 안 하는 것이여?"

"그러게요. 시간이 됐는데……."

남자와 여자의 말을 시작으로 점점 사람들이 웅성거리기 시작했다. 아까까지만 해도 웃으며 얘기하던 사람들은 표정이 굳은 채로 더 이상 아무 말도 하지 않았고, 몇몇 여자들은 울기 시작했다. 난 그런 사람들 가운데서 움직이지 않은 채 조용히 사람들이 오기를 기다리고 있었다. 우리를 버릴 리 없는 사람들이었다. 독립에 대해 가장 큰 열망을 가지고 있던 사람들이 이렇게나 많은 국민을 버릴 리 없었다.

한 학생이 갑자기 앞으로 뛰어나갔다. 사람들은 웅성거림은 점점 잦아들었고, 사람들의 시선은 모두 그 학생을 향해 있었다. 학생은 떨리는 듯 숨을 크게 들이마셨다, 내쉬었다를 반복했다. 학생은 얼굴이 시뻘게져 있었고, 온몸은 떨리고 있었다. 허나 눈만은 또렷하게 사람들을 바라보고 있었다. 두려움보단 흥분이 가득한 얼굴이었다. 독립에 대한 확실한 소망이 있는 얼굴이었다. 학생은 마지막으로 크게 숨을 내쉬고는 사람들은 찬찬히 둘러보며 입을 열었다.

"조선 독립 만세!"

사람들이 모든 움직임을 멈췄다. 학생은 개운하다는 듯이 몸에 힘을 풀고는 계속해서 "조선 독립 만세!"를 외치고 있었다. 얼굴엔 긴장이 가득했지만 눈에는 소망이 가득했다. 두 팔을 하늘을 향해 뻗으며 얼굴이 터질 듯이 빨개질 정도로 크게 "조선 독립 만세!"를 외치고 있는 학생을 바라보던 사람들은 하나 둘씩 "조선 독립 만세!"를 외치기 시작했다. 주춤거리던 사람들도, 두려운 듯이 여기저기를 바라보던 사람들도 자신이 이곳에 온 이유를 다시 한 번 깨달은 듯이 숨을 크게 내쉬고는 자신감에 가득 찬 눈빛으로 "조선 독립 만세!"를 외치기 시작했다.

"조선 독립 만세!"

많은 사람들이 모여서 내는 한 소리는 분명히 일본을 무너트리고 말리라. 이렇게나 독립을 염원하는 사람들을 보고 자신들의 행동을 후회하며 돌아가리라. 이제 드디어 아이에게 나라를 줄 수 있으리라.

난 두 팔을 하늘로 높이 치켜들고는 내 인생에서 냈던 목소리 중에 가장 큰 목소리로 외쳤다.

"조선 독립 만세!"

"조선 독립 만세!"

사람들은 한 목소리로 같은 말을 하며 앞으로 나아갔다. 우리를 보고 놀라는 사람도, 욕을 하는 사람들도 있었지만 우리는 개의치 않았다. 이제 일본인들은 우리나라에서 떠날 차례였다. 마치 자기네 나라처럼 우리나라에서 주인 행세를 할 시간은 지나갔다. 이제 패배를 인정하고 떠날 시간이다.

"조선 독립 만세!"

사람들의 표정엔 즐거움이 가득했다. 독립이 손에 잡힐 듯 가까이에 있다는 게 실감 나는 순간이었다. 사람들의 표정을 보며 내 표정도 상상할 수 있었다. 아마 사람들의 표정과 똑같겠지. 두 눈은 반달같이 접히고 두 뺨은 붉어진 채 목젖이 보일 만큼 입을 크게 열고 머리카락은 바람에 휘날리며 목이 터져라 외치고 있겠지.

그 순간, 어디선가 총성이 들려왔다. 총성이 들려옴과 동시에 사람들의 비명 소리가 들려왔다. 쉽게 실감이 나지 않는 소리였다. 내 앞에 사람들이 쓰러져 가고 비명을 지르고 있다는 걸 알지만 그게 지금 내 앞에서 벌어지고 있는 상황이 아니길 빌었다. 사람들의 고통스러운 비명 소리를 듣고 있으면서도 난 아무것도 해줄 수 없다. 난 그저 사람들의 고통을 외면하려 눈을 감고 누구에게도 지지 않을 큰 목소리로 "조선 독립 만세!"를 외칠 뿐이었다.

총소리가 계속 될수록 사람들의 목소리는 커져 갔다. 울음이 섞여 있는 소리였지만 사람들은 소리를 멈추지 않았다. 분노와 억울함이 치밀어 올랐지만 사람들은 그러한 분노와 억울함을 목소리로만 내고 있었다. 다른 어떤 말은 알지 못하는 듯이 "조선 독립 만세!"라는 말만 반복해 가며 눈물을 흘리고 있었다.

"으윽!" 고통이 섞인 신음 소리가 가까이서 들려왔다. 털썩하고 사람이 쓰러지는 소리가 바로 옆에서 들려왔다. 눈물이 났다. 바로 옆에 있던 사람이 죽었는데도 난 아무것도 해줄 수가 없다. 이 사람이 죽기까지 원하던 것이 무엇인지 알기에 난 이 사람이 원하던 것을 이뤄 주기 위해 큰 소리로 외치는 수밖에 없었다.

"조선 독립 만세!"

그 순간, 무언가가 내 배를 뚫고 지나갔다.

처음 느껴 보는 고통이었다. 내가 살아온 인생 중에 가장 커다란 고통이라 눈이 저절로 떠지고 몸에 힘이 빠졌다. 고통에 눈을 떴을 때, 내 눈앞에 보인 광경은 처참했다. 일본군은 우리를 욕하며 총을 쏘고 있었고, 사람들은 그런 일본군에게 반항 한 번 제대로 하지 못한 채 쓰러지고 있었다. 바닥은 붉은색 피로 물들어 있었고, 쓰러진 사람들의 몸에선 끊임없이 피가 나오고 있었다. 총에 맞아 한쪽 팔이 잘린 사람들은 다른 한쪽 팔로 태극기를 흔들며 "조선 독립 만세!"를 외치고 있었고, 일본군은 그런 사람들은 역겨운 벌레새끼,라고 말하며 모욕하고 있었다. 일본군에게 다가가 주먹을 날리고 싶었지만, 난 지금 쓰러진 몸을 일으켜 세울 힘도 없는 사람이었다. 총에 맞은 배에서는 피가 끊임없이 흘러나오고 있었으며 눈꺼풀은 내 의지와 상관없이 감기고 있었다.

만약, 내가 이곳에서 일본군의 총에 맞지 않고 살아서 돌아갔다면 아내는 어떤 표정을 지었을까. 분명히 울었으리라. 기쁨에 두 뺨이 분홍빛으로 물들어 가며 아내는 그 어느 때보다 환한 웃음을 지으며 울었으리라. 아이를 낳았을 때 홀로 남편을 생각하며 아이를 껴안고 울지 않고 땀에 젖은 온몸으로 겨우 웃으며 나에게 아이를 안겨 줬으리라. 아이는 점점 커 가며 아이들에게 아빠가 없다고, 나라가 없다고 놀림을 받지 않고 살았으리라. 아이가 커서 결혼을 할 때엔 아내는 옷고름으로 눈물을 훔치며 아이의 머리를 쓰다듬어 주리라.

하지만 그럴 일은 벌어질 가능성이 없었다. 난 이미 일본군의 총에 맞았고, 일어설 힘도 없고 눈꺼풀을 내 맘대로 움직일 힘조차 없다. 아내는 내가 오기를 기다리지만 난 가지 못하고, 아내는 결국 홀로 아이를 낳을 것이다. 아이는 아빠가 없다고 놀림을 받을 것이고, 아이가 커서 결혼을 할 때 아내는 아이의 결혼을 기뻐하기 보단 내 생각을 하며 눈물을 흘릴 것이다. 난 더 이상 아내의 웃음을 볼 수도, 아이의 얼굴을 볼 수도 없다. 하지만 후회하진 않는다. 어차피 죽을 생각으로 온 것이기에, 아이에게 나라를 돌려줄 수 있기에 난 후회하지 않는다.

내 몸에 남아 있는 온힘을 이용해 난 입을 열었다. 과연 내가 하고 싶은 말을 끝까지 마치고 죽을 수 있을지는 모르겠지만 난 그러리라 믿고 입을 천천히 달싹였다.

"조선, 독, 립, 만세"

동생과 누님

김혜빈

나보다 작았던 놈들이
쑥 하고 커 버렸다.
같이 서 있으려니 기가 죽는다
속상한 마음에 땅바닥을 바라보니
내 발이 더 크다
너희들은 아직 멀었어

졸업

김혜빈

드디어 고등학생이다. 아직 겨울방학이지만. 중학교보다 열심히 공부를 하거나 미래에 대해 좀 더 생각하지 않으면 안 되는 그런 학년이 되었다. 침대에 늘어져 야채 크래커를 씹어 먹으며 생각했다. 3학년이라니! 중학교 입학한 게 어제 일 같은데 내가 벌써 졸업이라니. 어릴 때는 나이가 많으면 왠지 강해 보이고 멋있어 보였지만 지금은 그때로 돌아가고 싶기만 하다.

"휴우, 이러다 훅 하고 어른이 되어 버릴 것 같아서 두렵다."

'실제로 훅하고 벌써 졸업이고 말이지. 젠장!'

먹고 있던 야채 크래커가 없어져 심심해진 입을 뭐로 채워 넣을까 생각하던 중 어릴 때부터 나와 친했고, 중학교에서도 내내 붙어 다니던 제일 친한 친구인 아름이에게서 전화가 걸려 왔다. 나에게서 조금 떨어져 있는 휴대전화를 주우려 침대에서 한 번 굴러 전화를 받은 건 벨 소리가 벌써 끊기고 다시 꽤 울리고 난 뒤였다.

"야! 왜 이렇게 전화를 안 받아!"

내가 전화를 늦게 받아 짜증이 난 목소리로 아름이가 얘기했다.

"으음, 졸고 있었어."

계속 늘어져 있어서 자다 금방 깬 사람처럼 나른해 잘 들리지도 않을 목소리로 대답했다.

그랬을 것 같다는 듯한 목소리로 아름이는 "역시!" 라고 말한 뒤 "나

지금 네 집 앞이다. 문 열어라."라고 덧붙였다. 예전부터 워낙 친한 사이고, 우리 집은 부모님이 집에 없는 날이 많아 자주 우리 집에 놀러오거나 했었다. 이렇게 갑작스러운 방문도 꽤 있었던 편이다. 나는 자연스럽게 알았다고 대답한 뒤 고장나 버린 대문의 인터폰 대신해 문을 열기 위해 나갔다.

"으, 추워!"

현관문을 열자마자 차가운 겨울 바람이 온몸으로 불어 왔다. 집밖으로 한 발자국 나왔을 뿐인데 다시 들어가고 싶어지는 마음을 참고 대문으로 뛰어나가 문을 열고 집으로 돌아왔다. 그리고 평소에도 추위에 약한 내가 어떻게 문을 여는지 보아 온 아름이도 나를 따라 빠르게 집으로 들어왔다.

"밖에 진짜 춥다. 자 이불 속에서 몸 좀 녹이게나."

따뜻한 내 이불 속을 나눠 주려 했지만 "이불속은 필요없어. 그것보다 계속 밖에 서 있으니까 확실히 춥기는 하네."라며 거절했다.

아름이가 계속 밖에 서 있던 건 내 탓이라고는 할 수 없지만 전화를 늦게 받은 게 미안해, 코코아를 타 주며 웬일로 놀러 왔냐고 물었다.

"누구와는 다르게 나는 친구를 만나러 오는 길이 그렇게 춥지는 않아서 말이지. 따로 얘기할 게 있는 것도 맞지만."

"무슨 얘기?"

"졸업식이 끝나고 우리 엄마, 아빠가 갑자기 여행을 간다고 해서 우리 집에 놀러오라고. 오랜만에 이 언니가 맛있는 것 좀 해주마."

아름이 요리는 내가 인정할 정도로 맛있기도 하고 부모님이 집에 잘 안 계시는 우리 집과 다르게 엄마가 늘 집에 있다고 불평하는 아름이네 집이 비는 건 좀처럼 없는 일이어서 당연히 놀러갈 거라고 대답했다.

“그리고 너희 엄마가 요즘 일이 많아서 잘 챙겨 주지 못했더니 니가 밥도 잘 안 먹는 거 같다고 챙겨 주라고 하셔서 말이지.”

‘확실히 요즘 귀찮아서 굶어 버리는 일이 많았지만 그렇다고 저렇게 무서운 표정을 지으면서 얘기하지 않아도 되는데 말이지.’

아름이가 해준 밥을 같이 먹은 뒤에 누워서 수다를 떨다가 헤어졌다. 그 뒤로 아름이도 추워서 연락만 하다 가끔 집으로 놀러왔다.

내가 집에서 나가는 건 아이스크림을 사러 간 세 번 밖에는 없었다. 세 번이나 나갔다는 건 내가 생각해도 대단하기는 하다. 그렇게 집에서 늘어지는 것으로 내 겨울방학은 끝이 났다. 졸업식까지도 금방이었다.

방학 때 하는 일이라고는 자거나 늘어져 멍 때리거나 휴대전화나 컴퓨터로 인터넷을 뒤지는 일이 대부분이고 가끔 책을 읽거나 밥을 해먹는 것 이외의 일은 전혀 없었다. 그래서 그런지 방학 때는 내가 뭘 했는지 기억나는 것도 없이 휙 하고 지나가기만 했다. 솔직히 방학이 짧기도 하지만.

내가 어떻게 지냈든 겨울방학은 끝이 났고 졸업이 가까워졌다. 졸업이라는 건 유치원과 초등학교를 통해 두 번이나 경험해 보았지만 그때는 졸업에 대해 생각한 게 별로 없었다. 유치원 졸업 때는 심각하게 고민하고 생각했다는 게 더 이상하다.

초등학교를 졸업할 때도 나이를 먹어 위로 올라가는 것만 같은 기분에 들떠 6년간 보낸 학교를 떠난다는 것에 대해서는 그리 깊게 생각하지 않았다. 두 번의 졸업을 했지만 이번 중학교 졸업은 느낌이 다르다. 생각을 더 하게 되었다는 점을 빼고도 이번에는 서로 갈리게 된다. 나와 아름이는 서로 가고 싶은 학교가 달라 같이 학교를 다니는 건 중학교로 끝이나 버리게 된다. 유치원이나 초등학교를 졸업할 때는 아름이가 앞으로도 같이 있을 거라는 사실에 크게 달라지는 것도 없을 거라고 생각했다.

그렇지만 이번 졸업은 아니다. 우리가 처음으로 갈리게 되는 것이다. 덕분에 졸업식 전날인 오늘까지도 조금, 아니 많이 이상한 기분이다. 이러고 있어 봤자 달라지는 것도 없으니 잠이라도 잘 자자는 생각이 들어 빨리 잠을 자 버렸다.

드디어 졸업이다. 3년간 지낸 이 학교도 이제 끝이다. 졸업식 시작까지 남은 시간은 10분 정도. 마음이 이상하다. 이 교복도 이걸로 마지막이라고 생각하니 싫어했던 마음은 어디로 가고 아쉬운 기분이 든다. 졸업식까지 남았던 10분은 금방 지나갔다.

졸업식을 어떻게 보냈는지는 생각도 잘 안 난다. 정신없이 졸업식을 끝낸 뒤 집에서 멍하게 있다가 아름이네로 놀러가기로 했던 게 생각나서 교복을 입은 채로 집을 나섰다. 아름이네에 들어가니 아름이도 아직 교복을 입고 있었다.

"어서와."

아름이가 문을 열어 주며 얘기했다. 집안에서 맛있는 냄새가 나는 걸 보니 요리하고 있었던 것 같다. 나는 소파에 앉아 아름이의 요리가 끝날 때까지 기다리고 있었다. 졸업식 같은 건 실감도 나지 않았다. 졸업했다는 기분은 무슨 그냥 평소와 같이 하교한 기분이었다. 밥을 먹으며 우리는 얘기했다.

"솔직히 졸업했다는 게 전부 거짓말 같아. 이렇게 평소처럼 교복을 입고 있으니까 더."

아름이도 나와 같은 생각을 하고 있었던 것 같아 나도 자연스럽게 얘길 꺼냈다.

"3월부터 우리가 다른 학교를 다닐 거라는 게 믿겨지지 않아. 계속 이대로일 것만 같은걸."

"응, 그러게."

조용한 집에서 우리는 중학교 교복을 입고 밥을 먹으며 끝나 버린 중학교 생활에 대해 생각했다. 서로 믿기지 않는 졸업에 대해 얘기했다가 중학교를 입학한 뒤 둘이서 있었던 일들도 하나씩 꺼냈다.

"작년에 2학년이 되고 같은 반이 되어서 좋아하다가 담임 선생님이 누구인지 알고 짜증난다면서 놀러 갔던 일 기억나?"

"당연하지. 내가 그때 얼마나 엄청난 절망감과 짜증에 빠졌는데! 그러고 보니 2학기 기말고사 때는 둘이 밤새워 시험 공부도 했었는데."

"그때 자려고 하는 너 깨우느라 무지 힘들었다고."

"그렇지만 졸렸는걸."

신이 났다가 짜증이 났다가 속상해지기도 하면서 우리는 세 시간이 넘게 중학교 때의 일에 대해 떠들었다. 이야깃거리가 다 떨어지고 나서 내가 다시 말을 꺼냈다.

"우리가 고등학교는 나뉘지만 계속 제일 친한 친구니까. 힘들어지면 언제든 이 형님한테 전화해."

농담이 섞여 있는 말이였지만 진지한 분위기였다.

"너야말로 울면서 전화하지나 말라고."

아름이의 대답이 들리고 한동안 우리는 아무 말 없이 조용히 있었다. 가만히 있는 동안 천천히 졸업에 대한 실감이 나기 시작하면서 우리는 식탁에 앉아 울었다. 처음에는 소리없이 울며 서로를 놀리다가 점점 쏟아지는 눈물에 소리를 내며 엉엉 울었다. 울어 버린 이유가 졸업에 대한 슬픔 때문이였는지, 갈라져 버린다는 사실 때문인지, 마지막 중학교 교복 때문인지는 우리도 몰랐다. 우리는 계속 울었고 한참 울다가 지쳐 잠에 들었다. 잠에서 깨 일어났을 때는 졸업에 대한 슬픔이든 아쉬움이든 또는 우리의 헤어짐에 대해서든 왜인지 시원히 해결된 기분이 들어 서로 마주 보며 웃었다. 우리는 앞으로도 친구이고 다른 고등학교로 가게 된다. 우리는 더 이상 이 교복을 입지 않을 거고 우리는 오늘 중학교를 졸업했다. 너와 나는 졸업을 했다.

안경

김효정

너흰 눈이 좋니??
난 좋지 않아.
눈이 안 좋으면 안경을 쓰라고?
싫어…… 왜?
무서워…….

내가 알던 사람들 내가 보던 것
내가 느끼던 것들 내가 선이라고
믿고 있던 것들이 선이 아닐까 봐

우리들이 세상을 보는 눈은 다 다르거든
니가 선이라고 생각하는 것이
내가 생각하기엔 악이라고 생각할 수 있거든

아빠

박서영

저벅저벅 발소리가 들리면
나와 내 동생은
각자 방에서 굉장한 속도로 달려 마루로 나온다.
그리고 아빠 왔다 이 소리
세상에서 제일 기분 좋은 소리
아빠가 집에 왔다는 건
내 말 들어줄 친구가 왔다는 거니깐.

아빠가 엉덩이 붙일 새도 없이
난 졸졸 아빠를 따라다니며
이러쿵저러쿵 학교에서 있었던 일을 떠들면
아빠는 말한다.
신 났네 우리 딸

난 우리 아빠가 좋다.

엄마

박서영

눈을 떴을 때 내 옆에 있어 준다는 게
매일 아침밥을 챙겨 준다는 게
공부하라고 잔소리를 한다는 게
나를 끝까지 포기하지 않으려 한다는 게
날 사랑하는 방법인지 몰랐어.

사랑해 우리 딸
그 한 마디가 그렇게 어려운가
매번 투정부렸어
안아 주고 볼에 뽀뽀 한 번 해주지 않는다고
엄말 힘들게 괴롭혔어.

근데 지금은 알겠어.
엄마가 날 얼마나 사랑했는지.
그리고 날 얼마나 사랑하는지.
너무 고마워.
내 옆에 있어 줘서.
사랑해
이젠 내가 말해 줄게.

생화

박서영

울 할머니는 생화를 싫어한다.
갈색 점이 생기며
꽃잎이 시들면
할머니 얼굴에도 검버섯이 피고
빨간 빛 영롱한 입술이 죽어가는 것 같다고
울 할머니는 죽음이 두렵다고 했다.
내 얼굴을 못 보는 것도
할머니가 볼 수 있는 하늘이 없어지는 것도
나도 생화가 싫다.

재투성이 이야기

박서영

01. 옛날이야기

옛날 옛적에 신데렐라는 못된 계모와 새 언니들에게 구박을 받았더래요. 하루하루를 힘들게 보내던 신데렐라는 무도회에 가게 되었고 신데렐라와 왕자님은 첫 눈에 사랑에 빠지고 말았어요. 둘은 결혼을 하였고 행복하게 살았답니다. 나의 동화 속 얘기는 여기까지이다.

02. 조그만 아이

어렸을 때부터 나는 아빠와 단둘이 살았다. 거의 혼자 있는 날이 많았지만 말이다. 그래서 난 하늘이 새까맣게 물들 때까지 아빠의 냄새가 밴 이불을 붙잡고 울었던 날들이 생각난다.

결국 이렇게 혼자 날 두어선 안 되겠다고 생각을 했는지 아빠는 날 왕실에서 주최하는 어린이 교육원에 보냈고, 난 차라리 혼자 집에 남아 있는 게 낫다는 생각이 들었다. 아마 그때쯤이이었던 것 같다. 설이를 만난 게.

설이는 내게 교육 시설을 제공하는 왕실의 딸이었다. 맞다, 그녀의 이름은 '백설 공주'이다. 어떻게 우리가 친해질 수 있었을까. 아직도 난 의문이 들지만 늦은 저녁이 되어서도 아빠가 날 데리러오지 않았던 그 날. 그날을 난 잊을 수 없다. 저녁 11시에서 자정으로 넘어가도 오지 않던 아빠. 무서움에 벌벌 떨던 그때 저벅저벅 걸어오는 소리가

들렸다. 그리곤 한 아이는 내 옆에 앉았다. 아이는 내게 말했다,

"울지 마, 무섭고 힘들수록 눈물을 참아야 돼."

힘이 되는 위로의 말이었다. 그리고 아이는 따듯한 온기로 내 손을 잡고선 집까지 데려다주었다. 순간적으로 마음이 뭉클했는지 나는 엄마 이야기를 꺼냈다.

"나는 엄마가 없어, 아빠랑 둘이 사는데 혼자 있을 때면 기억도 안나는 엄마가 보고 싶어."

아이는 태연하게 말했다.

"나도 엄마 없어, 우리 아빠가 왕실 일을 마치고 집에 들어오실 때면 술이 거하게 취해서 들어오셨어. 그리고 그때마다 엄마를 밀치고 때리셨지. 그 후론 난 엄마를 보지 못했어."

가슴이 먹먹해져 왔다. 집에 들어가 침대에 누워 잠들기 전까지도 계속 설이가 했던 말들이 떠올랐다.

다음날 묵직한 목소리가 나를 잠에서 깨웠다. 막상 아빠가 날 데리러 못 온 이유를 들으니 가슴 졸인 내가 창피해졌다. 그리고 다시 내 일상은 반복되었다. 난 어린이 교육원에 갔고, 나도 모르게 수업이 끝나면 설이를 기다렸다. 매일 설이와 나는 아빠가 오기 전까지 계단 뒤쪽 비밀의 장소에서 서로의 비밀을 말하며 우정을 키워 나갔다. 그후로부터 우리는 8년 내내 붙어 다녔고, 이젠 왕실에서조차 나를 모르는 사람이 없었다. 설이의 아버지도 내게 설이를 잘 부탁한다며 잘 해주시곤 했었다. 하루하루가 설이 덕분에 재밌었다, 집세 때문에 많은 일을 하러 다녀도 말이다. 하지만 새엄마와 새 언니들이라는 불청객이 내게 찾아왔다.

여느 때와 다를 바 없이 아침에 아버지가 출근을 하시고 난 뒤, 난 아침 식사 자리를 치우고 있었다. 어색한 공기가 부엌 안을 매채웠고 난 이 분위기를 바꿔보려 새어머니에게 말을 걸어보았다.

"어머니, 안녕하세요."

심장이 쿵쾅거리며 뛰었다. 하지만 대답은 차가웠다. 얼음으로 만든 비수가 내 심장에 꽂히는 아픔이었다.

"너, 앞으론 그 더러운 입으로 내게 말 걸지 마렴. 내 딸들에게도 마찬가지고."

말이 끝남에 동시에 '퍼억' 소리가 났고 반지들이 휘감은 손이 날 향해 다가왔다. 난 땅바닥에 떨어졌다. 잠깐 사이에 많은 생각들이 뇌리에 스쳤다. 아빠 그리고 설이, 마지막으로 나 자신. 고개를 휘저으며 정신을 차리고 위를 보았다. 새엄마와 새 언니들이 깔깔거리며 웃고 있었다. 그동안 아빠와 나 둘이서 어렵게 만들어 놓은 평화를, 행복을 이 사람들이 망치고 있다. 내 힘으로 돈 벌어 지키고 있는 우리 집에서 행패를 부리고 있다는 게 분노가 치밀어 올랐다.

"나 너희들의 한 마디로 무너질 사람 아냐. 당신들 내 가족이라고 인정해 본 적 없고 그러니까 이 집은 내 집이야. 함부로 말 지껄이지 마."

내 목소리는 나지막 울렸다. 새어머니와 그 자식들은 꽤나 당황을 했고 각자의 방에 들어갔다. 속이 다 시원했다. 내 방에 올라와 침대에 누우니 옛날 생각이 났다. 집세를 구하러 베이비시터, 과외는 다섯 탕씩 뛰어다니던 옛날. 남의 집에서 청소도 해보고 별의별 일 다 해봤었는데. 그땔 생각하면 꿈이었으면 좋겠단 생각에 매일 혼자 중얼거렸다.

"아빠가 이 나쁜 꿈을 깨워 줬으면."

따가운 햇살에 잠에서 깨니 벌써 아침이었다. 잠깐 사이 잠이 들었나 보다. 난 평소와 같이 침대를 정리하고 1층에 내려가 부엌에서 아침을 준비했다. 프라이팬에 달걀을 깨트리고 베이컨을 넣었다. 주전자엔 차가운 우유를 붓고 데우다 문득 어제일이 떠올랐다. 붉게 달아오른 뺨이 아직도 욱신거렸다. 괘씸한 생각이 들어 아빠만 깨워 드렸지만, 아침 식사를 식탁 위에 올려놓으니 고소한 냄새에 하나 둘 부엌으로 기어나왔다. 나와 싸운 새 가족들은 아침을 먹자마자 바로 밖으로 나갔다. 알고 보니 한 의류점에서 비정규직으로 일을 시작하였던 거다. 그렇게 해서 우리 가족들은 평범한 일상들을 보냈고, 이렇게 내 십 대는 마무리가 되었다.

03. 마법은 존재한다

오랜만에 설이를 만나러 성에 갔다. 설이를 보니 힘들었던 게 생각이 나 눈물이 터지고 말았다. 설이는 그런 나를 아무 말 없이 꼭 안아줬다. 백 마디 말보다 힘이 되었다. 내가 눈물을 그치고 나서야 설이는 웃으며 말을 시작했다. 뭔가 굉장한 소식을 가지고 있는 사람처럼 환하게 웃으면서.

"소녀야(설이가 신데렐라를 부르는 별명), 이거 무도회 초대권이야. 꼭 와, 와서 너 짝 좀 찾아. 이제 너도 시집갈 때 됐잖아. 너도 너 인생 살아 봐야지."

난 이런 큰 파티를 별로 좋아하지 않아 거절했지만 설이는 끝끝내 내게 초대권을 주었다.

집에 들어가기 전 현관문 앞에 쪼그려 앉아 상상을 해봤다. 하늘색 드레스를 입고 유리 구두를 신고 마차를 타고 성문 앞 카펫에 살포시 발을 내리는 내 모습. 나쁘지 않았다. 궁금했다, 내 자신이 얼마나 변화할 수 있는지. 근데 내 드레스는 어디서 구하고 화장품은 또 어디서 구하며 구두는 도대체 얼마나 하는지. 머리가 지끈했다.

그래도 혹시 몰라 내 방에 급하게 올라가 옷장을 열어 보았다. 역시나 내 옷장에 걸린 거라곤 회색 앞치마와 늘어난 갈색 치마 뿐이었다. 잠깐 사이 난 나쁜 생각이 들었다. 새 언니들의 방엔 그래도 예쁜 옷들이 많지 않을까. 눈을 떠 보니 어느새 난 새 언니의 방에 도둑고양이처럼 들어가고 있었다. 옷장을 아주 살짝 열어 보니 감탄할 수 밖에 없는 영롱한 청록빛 색깔들이 옷장 속을 수놓고 있었다. 그것들 중 하늘색 드레스를 찾으려 뒤적이던 그때. 뭉뚝한 손이 내 어깨를 턱 잡았다. 온몸에 소름이 쫙 돋으며 구차하게 변명을 시작했다.

"옷도 없고 오늘 밤에 나가는 거라 시간도 부족하고 해서 언니 옷 한 벌만 부탁드릴게요."

잔득 어깨는 쪼그라들어 있는데 내 귀로 들린 목소리는 카랑카랑한 언니의 목소리가 아니었다.

"나는 언니가 아닌데, 요정 할머니라고 하면 믿겠니?"

너무 놀라 숨이 턱 막힐 지경이었다.

"요정 할머니?"

요정 할머니가 왜 나에게, 난 그다지 불행하지도 않는데.

입을 꾹 다문 채 할머니는 나를 데리고 밖으로 나갔다. 밖을 나서니 드디어 요정 할머니는 입을 열었다.

"날 부르지 그랬니. 많이 간절해 보이길래, 내가 왔다. 이 할머니 오지랖이라고 싫어하지는 말거라. 껄껄."

폭신한 구름 같은 목소리로 사근사근 말씀하시지만 어딘가 수상했다. 내 촉으론 설이가 보낸 게 틀림없다.

"제가 설이라는 친구가 있는데, 그 친구가 무도회 초대권을 오늘 줘서 돈이 없는 게 아닌데도 준비를 못해서 불쌍해 보이나 봐요."

요정 할머니는 땀을 흘리시더니,

"백설 공주님께서 도와드리라고 하셔서 왔어요. 소녀 아가씨, 미안해요."

이럴 줄 알았다. 백설은 내 힘으로 내가 한다고 신신당부를 해도 꼭 이렇게 일을 크게 벌인다.

"헤휴."

할머니는 부담스러우면 조금만 꾸면 주신다고 하셨지만, 그새 또 자신의 요술봉과 제자 생쥐들을 불러 내셨다. 얼마 지나지 않아 나는 할머니의 목소리를 닮은 구름색 드레스를 입고 있었고, 머리와 화장, 장신구 등 모든 준비가 채 십 분도 걸리지 않았다. 그리고 할머니는 지금부터 진짜 마법이라 하였다.

"시작할게요, 비비디 바비디 부."

황금빛 물결과 은가루들은 하늘을 휘저었고 내 맘은 황금빛 물결로 가득 찼다. 순간 내 발을 무언가가 휘감았다. 요정들이 마시는 이슬만으로 바느질을 해야, 내가 지금 신고 있는 유리 구두가 될 수 있을 것이다. 지금 이 순간만큼은 설이에게 부담스러운 마음보다 그냥 나 자체로 사랑받는 기분이 들었다. 이렇게 예쁘게 꾸민 내 모습도 누군가에게 선물을 받아 보는 것도 너무 오랜만이었기 때문이다. 하지만 기쁨도 잠시 할머니는 나를 불렀다.

"소녀 아가씨, 12시 종이 치기 전에 반드시 성에서 나와야 해요. 아가씨의 모든 모습은 슬프지만 마법이에요. 한 마디로 마법은 언젠가 풀리기 마련이거든요."

난 현실을 직시하는 아이이다. 맘이 쓰리기는 하지만 괜찮다.

"네, 마법이니까요."

할머니는 눈으로 내게 말했다. 즐거운 시간을 만끽하세요. 호박마차에 타니 왜 그 비싼 돈을 주면서 마차를 타는 지 이해가 됐다. 드디어 무도회장에 도착하고 내가 상상했던 그대로 카펫에 살포시 발을 내리면서 설이의 말을 떠올렸다.

"네 짝을 찾아. 너도 네 인생을 살아야지."

오랜만에 촘촘하게 나 있는 계단을 열심히 올라가니 번쩍 빛이 나는 대리석 바닥이 날 반겨 주고 있었다. 그런데 대리석을 유리 구두를 신고 걸어 다니려니 너무나도 미끄러웠다.

"꺅."

아, 이럴 줄 알았다. 발목이 결국에 돌아가고야 말았다. 아직 춤도 못췄는데 짜증이 났다. 갑자기 낯익은 중저음의 목소리가 들렸다.

"어디, 많이 다치셨나요? 제 손잡고 일어나 보세요."

"낯익은 목소리가 내 귓가에 울렸다.

고개를 올려다보니 설이의 사촌오빠였다.

"어? 오빠, 저 기억 안 나세요? 저 소녀잖아요."

"어머, 소녀니? 너 정말 예뻐졌다, 몰라봤어."

설이의 사촌오빠는 내가 왕실에서 처음 본 왕자였다. 기품 있는 발걸음에 다정다감한 말투. 내 어릴 적 첫사랑이었다. 내게 달달한 기억을 선사해 준 사람. 내가 제일 먼저 내 첫사랑을 알린 건 설이였다. 설이도 내게 좋게 말해 줬다.

"사랑은 급이 없는 거야, 너 꼭 오빠랑 잘 됐으면 좋겠다."

'급, 그런 게 뭐가 중요해?'라고 생각하며 계속 좋아했다.

"에이, 아무리 그래도 그렇지 날 못 알아봐요? 섭섭하네."

나는 일부러 더 삐진 척 대답했다.

"미안, 근데 너 진짜 발목 괜찮아? 못 일어나는 거 같은데 잠깐 내 방에 좀 데려다줄게."

오빠는 나를 번쩍 들어 안고는 푹신한 소파에 나를 내려놓았다.

"잠깐 있어. 내가 설이 불러올게."

왜 그랬을까, 난 오빠에게 말했다.

"난 오빠 아직도 좋은데, 오빠는 절 어떻게 생각해요?"

순간 정적이 흘렀고 오빠는 얼굴과 귀가 구분이 안 될 정도로 얼굴이 빨개졌다. 얼마 쯤 흘렀을까, 오빠는 말문을 열었다.

"나도 너 많이 좋아해. 사실 아까 전에도 너 알면서 더 모른 척했던 거야, 너랑 더 말하고 싶어서. 근데 이제 확실해졌어, 언제 고백할까 고민했는데. 너도 날 좋아한다고 하니 더는 시간 끌지 말고 우리 결혼 전제로 만나 보자."

거대한 폭풍 하나가 지나간 것처럼 정신이 멍해졌다. 대답은 해야 되는데, 너무 좋아서 기분이 멍한 거라고 해야 되나. 진짜 마법처럼 내 인생이 뒤바뀌는 순간이다. 이상하다. 누군가가 뒤에서 '이거 사실 장난이였어.' 라고 말할 것만 같다. 주체 못할 감정이 복받치자 난 대답도 하지 못한 채 밖으로 뛰쳐나왔다. 오빠는 놀라 나를 쫓아오던 중 자정이 돼 종이 울렸다. 난 더 서둘러 유리 구두를 손에 쥐고선 촘촘하게 나 있는 계단을 내려갔고, 헐레벌떡 호박 마차를 탔다. 난 집에 도착해 마차에서 내려 카펫이 아닌 흙바닥에 발을 내던졌다. 내 손에 쥐고 있던 유리 구두는 사라졌고, 머리는 헝클어지고 옷은 다시 재투성이 소녀의 옷으로 바뀌었다. 그리고 내 눈앞에서 호박 마차는 먼지가 되어 사라졌다. 허무했다. 내 것을 잊어간 기분이 이런 걸까. 그리고 궁금해졌다. 내게 청혼한 그 사람이 내가 다시 내 자리로 돌아온 모습, 더럽고 꾸며지지 않은 모습도 사랑해 줄 수 있는지가.

04. 내 모습

결심을 했다. 지금 이 모습 그대로 오빠에게 찾아가야겠다는 생각이 들었다. 흙길을 걸어 더러워진 발로 대리석 계단을 하나씩 올라가고 벨벳처럼 부드러운 카펫을 다시 걸어서 난 오빠 방문 앞에 도착했다. 문을 열고선 당당하게 들어가 말했다.

"오빠, 이런 내 예쁘지 않은 모습도 사랑해 줄 수 있어?"

그는 뒷걸음 쳤다. 그와 같이 있던 그의 어머니는 경악을 했다.

그들의 대화는 내 가슴을 더 아리게 쑤셔 왔다.

"네가 왜 저런 애와 얽혀? 엄마가 너 저런 애들 만나라고 그렇게 애쓴 게 아니야! 넌 실망시켰어 엄마를."

제발 오빠만은 나를 조금이라도 지켜주기를 바랬다. 하지만 내 로맨스는 반전 없는 잔혹동화였다.

"엄마, 미안해 내가 아까 데킬라를 병째로 나발 불었더니 엄한 애 잡아서 헛소리 했나 봐. 내가 잘 해서 내보낼게."

그는 눈동자의 초점 하나 흔들리지 않고 말했다. 난 관리 병사에게 끌려 나왔다.

설이와 함께 있었던 어린 시절 비밀 장소에 가 보았다. 초승달이 얄팍한 모습을 비추었다. 지금 생각해 보니 난 오늘 하루 종일 남의 흉

내만 내고 다녔다. 나는 그저 회색 앞치마가 잘 어울리고 나무로 만든 낮은 구두가 딱인 신데렐라, 재투성이 소녀인데. 온몸을 돈으로 휘감고 다녔으니 그건 내가 아니다. 차라리 죽을 만큼 힘들게 일했던 때가 더 멋있었다. 나 자신이 하나의 목표를 잡고 내 한계치까지의 능력을 보여 줬으니깐. 지금이라도 다시 신데렐라로 돌아갈 수 있다. 왜냐면 지금이 딱 저녁 먹을 시간 7시니까.

현관문을 열고 화장실로 들어가 발과 손을 깨끗이 닦아 부엌으로 간다. 이제 나 자신을 요리할 시간이다. 달콤한 라즈베리 펜 케이크, 부드럽고 깊은 맛을 가진 호박죽, 맵고 씁쓸한 꽈리고추무침, 어느 걸 고르던 내 삶이기에 후회는 없다.

이제 안녕.

지금 이 순간 마법처럼

박주영

언제부터인지는 잘 모르겠다
살랑
그냥 어릴적부터 보였다
좀 많네
여러색의
꽃잎이
아 물론 그냥 꽃잎이 아니라
기쁜색
사람들의 감정을 담는 꽃잎이다.
기쁘네.
이렇게 다른사람의 감정이 날라와 나에게 붙으면 꽃잎의 색에 따라 내 감정도 바뀐다
편한점도 있지만,
불편한점도 있다.
기쁜감정이 붙으면 나도 기뻐져서 좋지만 짜증나는 감정이 붙으면 나도 모르게 짜증이 나서 화를내고 만다.
헐 짜증나
걔가 그러는거 있지?
또 다른 사람이 나에게 느끼는 감정이 보여서 속상할때도 감동받을때도 많다.
안녕!
불쾌?
꽉
흠! 그래도 적응해야지
!
!
야~ 거기서뭐해
아.. 아니야!
부끄
부끄
빨리와~!
엉!

1교시 왜 영어야!
그니까ㅋㅋ
그 쌤 싫은데
살폭-
핑크색?!
두근
휭
휘-잉
처음 보는 색-! 누구지-?
두근
야 빨리와!
엉!
누구지…
꽃잎!
후다닥-
덥석
예?
아-
진실아 안녕! 날씨좋다 그치?
으응
분홍 = 사랑
승준이!

행복의 위치

최유정

나는 새 신발도 신었다.
나는 새 곰 인형도 있다.
나는 깔끔한 옷도 입었고
나는 얼굴에 재를 묻히지도 않았다.

그런데 TV속 얼굴 까만 아이
추운 겨울날 노란 고구마 하나로
행복해 보인다.

저 아이는 새 신발도,
　　　　예쁜 곰 인형도,
　　　　깔끔한 옷도 없는데.

물고기 떼

최유정

학교 종이 울렸다. 아이들은 모두 일사분란하게 움직였다. 물론 쉬는 시간 아이들과의 수다를 미처 다 끝내지 못한 아이들은 미련을 버리지 못하고 남아 있었다. 아쉬운 듯이 친구와 다음 쉬는 시간을 기약하며 시시한 장난을 마지막으로 아이들은 각자 반으로 흩어졌다. 복도는 언제 그렇게 시끄러웠냐는 듯이 조용해졌다. 교실은 선생님이 들어오셔도 여전히 시끄러웠다. 1학기 마지막 기말고사가 끝나니 아이들은 수업을 들을 생각이 없어 보였다. 반 아이들은 모두 짝을 바꿔 앉아 수다를 떨었다. A는 어서 지루한 수업 시간이 끝나고 쉬는 시간이 되었으면 하는 바람뿐이었다. 쉬는 시간에 친구들과 새로 살 치마에 대해서 이야기 할 참이었다. 친구들은 아마 자기에게 주름치마보다 딱 달라붙는 H라인 치마가 더 어울린다고 충고해 줄 것이다. A는 머릿속에 그런 잡다한 생각을 품은 채 어수선한 분위기 속에서 수업을 이어나가시는 선생님을 바라보았다. 선생님 또한 수업을 길게 진행할 것처럼 보이진 않았다. 내 뒷자리에 앉은 B가 내 어깨를 가볍게 치며 말을 걸었다. 그저 자신이 심심하다는 이유로.

"야, 나 이번에 새로운 치마를 하나 살까 하는데 말이야."

A는 친구들이 제법 모였을 때 꺼내려한 이야깃거리를 B에게 늘어놓았다. B는 A와는 중학교 1학년 때 친해져 2학년 때 같은 반이 되었

다. 학기 초반에 문제가 많았던 둘이었지만 시간이 지나자 무슨 일이 있었냐는 듯 해결되고 다시 친해졌다. A는 자신의 무리 중 한 명이 같은 반이라는 것에 안도감을 느끼고 있었다. B는 제법 수다스러운 아이였다. 작은 일에도 호들갑을 떨며 이야기를 벌리고 다니길 좋아했다. 일부에서는 B를 보며 입이 싸다고 수근거리기도 했지만 A는 B와 이야기하면 자신은 그저 듣고만 있어도 되기 때문에 B와 이야기하기를 좋아했다.

A는 한창 B와 치마에 대해서 논쟁을 펼쳤다. A는 주름치마를 입고 싶어 했고, B는 A에게 주름치마는 어울리지 않는다며 적절한 이유를 들어가며 A를 설득했다. 그리고 자신이 더 좋은 치마를 추천해 주겠다며 인터넷 쇼핑몰을 찾아 주기까지 했다. 그렇게 시시콜콜한 잡담이 오고 갔다. 그런 수다가 거의 끝을 내고 있을 때 즈음, B가 무언가 비밀스러운 이야기를 꺼내듯 말소리를 줄이며 A에게 말했다.

"그런데 G 있잖아……."

A는 G의 이름만 알고 있을 뿐 그렇게 친하진 않았다. 복도에서 만나면 인사나 하는 정도의 사이였다. A는 B의 입에서 G의 이름이 나오자 관심을 가지며 B의 말에 집중했다.

"걔가 왜?"

"걔 떨어져 나간 것 같아."

"진짜? 그렇게 보이진 않던데."

"아니야. 복도에서도 친구들하고 같이 안 다니고 급식실에서도 보이지 않잖아."

B의 말을 들어보니 실제로 G는 어느새인가 복도에서 보이지 않았다. 급식실에서도 G와 함께 다니는 아이들만이 보일뿐 G는 거기에 속

해있지 않았다. A는 사실 이런 이야기를 들을 때 마다 좀 유치하다는 생각이 들었다.

"내가 G 언젠가 떨오져 나갈 것 같았어. 걔 하는 행동을 보면 싸가지가 없어."

"그런가?"

A는 평소 G의 행동을 다시 생각해 보았다. 활기차고 조금 시끄러운 아이였다. 자기 주장이 센 편이었고 아이들에게 짓궂은 장난을 하는 아이였다. 하지만 평소 G의 행동이 불편하다고 생각해 본적은 없었다.

쉬는시간은 알리는 종이 울렸다. A는 B와 복도로 향했다.

A와 B는 서로 팔짱을 끼고 약속이라도 한 듯 모여 있는 아이들 곁으로 다가갔다. A는 항상 쉬는 시간마다 옹기종기 모여 있는 아이들을 보면서 안도감을 느꼈다. 아이들은 벌써부터 G에 대한 이야기를 늘어놓고 있었다. 저마다 G에 대한 자기만의 생각을 이야기 했다. 그렇게 말이 오갈 때마다 아이들은 추임새를 넣었다.

저런, 그럴 줄 알았지. 정말? 그렇게 안 봤는데 실망이다.

G에 대한 인상은 저마다 달랐지만 한 가지 공통적인 것은 '결국 나쁜 건 G야'이다. A는 G모르게 진행되고 있는 그 도끼질에 언제나 처럼 합류해 아이들과 이야기를 나누었다. A는 아이들이 모두 G를 싫어하는 데에는 분명 이유가 있을 것이라고 생각했다. 그리고 친구들과 한 편이 되어 가상의 적 G를 평가하는 것이 진정한 친구의 도리로 생각하며 마음을 굳혔다. 평소처럼 A는 생각했다.

G에 대한 이야기가 점점 고조되어 갈 때 즈음 수업종이 울렸다. 아

이들은 더 이상 G에 대해 이야기할 것도 없는지 미련 없이 각자 자기 반으로 돌아갔다. B는 A를 데리고 반으로 사라졌다.

아이들 모두가 기다리던 여름방학이 드디어 시작되었다. 선생님이 조용히시킬 새도 없이 아이들은 모두 저마다 여름방학을 어떻게 보낼

것인가에 대하여 쏟아 냈다. 어떤 아이는 가족과 함께 여행을 갈 것이라고 자랑했고, 드디어 24시간 집에 틀어박혀 게임만 할 수 있게 되었다고 좋아하는 아이도 있었다. 반면, 여름방학 때 고등학교 수학을 다 끝내 놔야만 한다며 울상을 짓는 아이도 있었다. B는 방학식이 끝나자마자 A에게 자신의 여름방학 계획을 쉴 새 없이 이야기했다.

"이번 여름방학 때 애들이랑 수영장 꼭 갈 거지?"

B가 기대에 차 말했다.

"아니……. 이번 여름방학 동안 꼼짝없이 방과 후 수업 들어야해."

A가 시무룩한 표정으로 답했다. A는 최대한 B의 기대에 부응하지 못해 미안하다는 표정을 지어 보였다. 언뜻 본 B의 표정은 언짢아 보였다. A와 같이 다니는 친구들 중에서 여름방학 동안 방과 후 수업을 들으러 오는 아이들은 없었다. 모두 B와 같은 학원에 다녔지만, A는 그렇지 못했다.

A야, 오늘 우리랑 노래방 같이 갈래?

아니. 오늘 바쁠 것 같아.

A야, 주말에 만날래?

아니, 주말에 가족 약속 있어.

거의 그런 식이었다. 방학 초반에 끈질기게 A에게 놀러가자고 졸라 대던 B도 어느 순간 지쳤는지 방학 동안 A에게 연락을 끊었다. A는 친구들과 마음껏 놀러 다니지 못하는 자신의 신세를 한탄하며 여름방학을 보내야 했다. 습관적으로 들어가 보는 페이스북에는 친구들이 모두 모여 즐겁게 여름방학을 나는 사진들이 올라와 있었다. 자신과 친한 여러 얼굴이 웃고 있는 사진에 자신만 빠져 있는 것을 보며 A는 씁쓸한 기분을 삼킬 수 없었다. 하지만 A는 곧 여름방학이 끝나고 다시 만날 친구들을 상상하며 서운함을 달랬다. 다시 학교에 가면 친구들에게 여름방학 동안 무슨 일이 있었는지 다 말해달라고 해야지. 그리고 나는 여름방학 내내 학교에 가 있었다며 한탄해야지. A는 그렇게 생각하며 얼른 여름방학이 끝나기만을 기다렸다.

A만이 끝나길 기대하던 여름방학이 드디어 개학을 맞았다. 아이들은 모두 늦잠을 실컷 잘 수 있었던 방학 생활로 돌아가기를 간절히 바랐다. 방학의 후유증으로 지각하는 아이들이 방학하기 전보다 늘어났다. A는 개운한 몸으로 개학을 맞이했다. 방학동안 재미없고 친한 친구도 없었던 방과 후 수업도 이제 두 번만 더 나가면 끝을 맞이했다. 게다가 그 방과 후 수업에는 G도 있었다.

A가 정든 교실로 들어온 지 몇 분 안 되어 B가 들어왔다. B는 교실을 둘러보다가 A와 눈이 마주치자 어떻게 반응할지 생각하는 듯 보였다. 한순간 A를 낯설게 대했던 B는 다시 반갑게 A에게 인사했다. A는 B가 낯설게 느껴지는 이유가 방학 동안 한 번도 만난 적 없기 때문이라고 생각했다. 그렇게 지나갔다.

선생님은 아이들에게 짧게 여름방학 동안의 안부를 물으시고는 조회를 마치셨다. A는 아이들과 만나면 무슨 말부터 해야 할지 속으로 생각했다. 처음에는 '방학 동안 잘 지냈어?'라고 시작해야지. 친구가 나에게 안부를 묻는다면 울상이 된 표정으로 하나도 즐겁지 않았다고 이야기 해줘야지. 교과서를 사물함에 넣으며 생각을 정리한 A는 고개를 돌려 B자리를 쳐다보았다. 늘 자신이 교과서 정리를 마칠 때까지 기다렸다가 함께 복도로 나갔던 B는 자리에 없었다. A는 한순간 B가 자신을 피한다는 불길한 느낌이 들었다. 자신이 잘못 생각 한 것이라며 되뇌며 A는 복도로 향했다.

복도로 나가자마자 반에서 얼마 안 되는 거리에 친구들이 몰려있었다. 하지만 A가 가까이 다가가도 자신을 맞이해 주는 아이는 없었다.

"지금 뭐해?"

A는 최대한 혼란스러운 표정을 지어보이지 않기 위해 노력했다. 예전처럼 자연스럽게 친구들을 보았다. 하지만 아이들은 예전처럼 A를 맞아 주지 않았다. 한순간 아이들의 눈에서 차가운 냉기를 본 A는 머릿속이 텅 비는 느낌이 들었다. 몰려 있던 친구들은 각자 궁색한 변명을 하며 반으로 흩어졌다. B는 A를 쳐다보지도 않고 다른 친구와 함께 A를 놔 둔 채 사라졌다. A는 복도에 혼자 남겨졌다.

A는 수업 시간에 차분히 생각해 보려 노력했다. 아이들이 자신을 피하는 이유가 뭘까? A는 여름방학 동안 자신이 모르는 사이에 무슨 일이 있었을 것이라고 생각했다. A의 생각에 갖가지 걱정들이 파고들었다. A는 이러다가 G꼴이 날 것이라고 직감했다. 내가 대체 뭘 잘못한 것일까? 이제 A는 쉬는 시간마다 아이들을 보기위해 복도로 나갈 수 없었다. B는 A에게 물어보지도 않고 복도로 혼자 나가 버렸다. 교실에 혼자 덩그러니 남겨졌다. A의 머리는 혼란스럽고 어지러웠다. 그렇게 개학식을 기다리던 날이 억울해졌다.

A는 오늘 하루 동안 교실 밖으로 나오지 않았다. B와도 이야기 하려 했지만 B가 자신을 피한다는 사실과, 전과 달라진 B의 태도 때문에 말을 걸기가 쉽지 않았다. A가 더 이상 자신에게 다가오지 않는 사실을 안 B와 친구들은 A에 대해 떠들어 댔다.

G에게 했던 것처럼 A에 대해 이야기했다. A에 대한 험담이 쏟아

졌다. 아이들은 그냥 지나쳤었던 사소한 일까지 꺼내 가며 A를 험담하기 시작했다. 그리고 A가 그렇게 느꼈듯이 오고가는 험담 속에서 자신이 이곳에 속해 있다는 사실에 안도감을 느꼈다. 모두 A가 친구였다는 사실을 지워 가며 한 마디씩 내뱉었다. B는 자신이 같은 반이라 A를 가장 잘 안다며 이야깃거리를 제공했다. 아이들은 함께 있기 껄끄러운 친구는 정리하는 것이 맞다,라는 B의 주장에 고개를 끄덕였다.

A는 머리에 돌은 얹은 것처럼 무거운 몸을 이끌고 방과 후 교실로 향했다. 딱히 갈 곳도 없고 딱히 만날 친구도 없어졌기 때문이다. 머릿속에 솜을 빈틈없이 꽉꽉 채운 것처럼 머리가 멍했다. 방과 후 수업 내내 내일 학교 생활을 걱정하느라 수업에 집중할 수 없었다. 밥은 어떻게 먹지? 당분간 혼자 어떻게 다니지? A의 표정이 더욱 어두워졌다. 그러다 A는 문득 수업을 듣고 있는 G의 뒷모습을 보았다. 기분이 묘했다. A는 그동안 자신이 G를 어떻게 봐 왔는지 잘 알고 있었기 때문에 자신이 부끄러워졌다. 그리고 그동안 뒤에서 G를 어떻게 말해 왔는지 알고 있었기 때문에 G에게 미안해졌다. A는 쓰고 비참한 기분을 온몸으로 느꼈다. 쓰디쓴 공기만이 자신을 짓누르고 있었다.

방과 후 수업이 끝나고 A는 G에게 다가갔다. 가방을 싸고 있던 G는 A가 다가오자 하던 일을 멈추고 A의 입이 떨어지길 기다렸다. A는 G에게 사과하자고 굳게 다짐했다. 그래야 머리에 올려 둔 돌덩이가 사라질 것 같았다. 하지만 막상 그 앞에 서니 입이 도저히 떨어지지 않았다. 마른 침을 한 번 삼키고 무거운 머리를 들어 G를 바라보았다. G

의 표정은 힘이 없었다. 자신이 알던 시끄럽고 고집 세던 아이가 맞는지 의심스러울 정도였다.

"미안해."

드디어 자물쇠를 채워둔 듯 무거웠던 입술을 비집고 미안해 라는 말이 툭 튀어 나왔다.

"뭐가?"

G는 건조하고 메마른 눈동자로 A를 바라보았다. A는 혼나는 어린 아이처럼 위축되어 있었다.

"나 때문에 이렇게 된 것 같아서……. 나도 너 같은 입장이 되어보니까, 너한테 너무 미안해서……. 그동안 뒤에서 네 욕하고 다닌 것 진짜 미안해."

G는 A의 뜬금없는 고해성사에 신경이 곤두섰다. 메마른 나무에 불이 더 잘 붙듯이 G의 마음에 작은 불꽃이 튀었다. G는 신경질적으로 A에게 말했다.

"그래서? 내가 용서해 주길 바라는 거야?"

A는 뭔가에 머리를 세게 맞은 듯이 앞이 흐려졌다. G가 저렇게 대답할 줄은 예상하지 못했다. A가 말을 꺼내지 못하자 G는 가방을 싸고 가 버렸다. 또 혼자 교실에 남은 A는 거대한 외로움에 싸였다. A는 무의식 중에 자신이 G에게 용서받고 좋은 친구가 될 수 있을 것이라고 생각했던 것이다. 그 기대가 깨지자 A는 금방이라도 울 것 같았다. 눈물이 눈가에 대롱대롱 매달려 금방이라도 쏟아질 것 같았다. A가 한번 눈을 깜박이자 고여 있던 눈물이 단번에 떨어졌다. A는 교실에

아무도 없다는 것에 감사했다.

다음날이 되었다. A는 즐거움을 뺏겨 버린 사람처럼 건조해진 얼굴을 들고 학교로 향했다. 무거운 발걸음을 계속해서 옮기다 보니 야속하게도 학교 앞에 다다랐다. 한숨을 푹 내쉬며 A는 교실 안으로 들어갔다. 교실 안에는 B의 주위를 둘러싼 내 옛 친구들이 있었다. 투명인간처럼 조용히 교실 안으로 들어간 A를 알아챈 친구는 없었다. 자리에 가 가방을 걸고 앉자 그제야 A를 알아채고 B에게 목소리를 낮추라고 경고했다.

"A 걔 진짜 재수 없지 않냐?"

B의 목소리가 A의 귀를 때렸다. 바늘처럼 심장을 찌르는 그 말이 너무나 정확하게 A의 귀에 들어갔다. 한순간 정적이 흘렀다. B도 A가 자기가 뱉은 말을 들은걸 아는지 A의 눈치를 살폈다. 하지만 그뿐이었다. A는 수도 없이 지금 이 상황을 상상해 봤지만 이렇게 빨리, 그것도 B의 입에서 자신의 험담을 들을 줄은 몰랐다. A에게 배신감이 쓰나미처럼 몰려 왔다.

예전에도 똑같은 상황이 있었다는 것을 A는 기억해 냈다. 그 상황에서 단지 역할만 바뀌었을 뿐이다.

점심 시간, A는 B를 불러 냈다. A에게는 아무도 없었지만 B의 뒤에는 A의 옛 친구였던 아이들이 서 있었다. 모두 A에게 차가운 눈빛을 보냈다. 모두 싸우기 위해 나온 투견처럼 으르렁거렸다. B는 그 앞에서 단단한 갑옷을 입은 기사처럼 차갑게 서 있었다.

"왜 불렀어?"

B가 목소리를 깔고 차갑게 물었다. A는 목소리를 가다듬고 B를 쏘아보며 말했다.

"왜 그랬어?"

"뭐가?"

"왜 뒤에서 내 욕하고 다녔냐고."

B의 뒤에 서 있던 친구들이 일제히 이빨을 내밀고 물어뜯었다. A는 믿었던 친구들이 자기의 마음을 갈기갈기 찢어 놓는 말들을 내뱉는 것을 듣고만 있었다. A는 그동안 생각하고 있던 것을 쏟아냈다.

"내가 잘못한 게 대체 뭐야?"

A는 드디어 마음속 돌덩이가 사라지는 느낌이 들었다. A가 조금이라도 붙잡고 있던 희망의 끈이 모두 잘려 나갔다.

"정말 모르겠어?"

더 이상 B는 A가 알던 B가 아니었다. 지금 둘의 위치는 너무나도 달랐다.

"전에 네가 나한테 이렇게 했었잖아."

A는 B의 입에서 다시는 나오지 않았으면 했던 그날의 일을 여과없이 듣고만 있어야 했다.

"예전에 내 입장이 되어 보니까 어때?"

B 곁에 서 있던 친구가 맞받아쳤다.

"우리는 네 얘기만 듣고 B가 완전 나쁜 년인 줄 알았잖아"

"맞아, 우리는 그때 아무것도 모르고 괜한 사람 잡았잖아."

모두 A에게 비난의 활을 쏘아 댔다.

아이들은 A를 보며 키득거렸다.

저런, 그럴 줄 알았지. 정말? 그렇게 안 봤는데 실망이다.

아이들은 일제히 A를 말로 짓밟고 그 위에서 A를 비난했다. 하지만 A는 그 모두가 공범이었음을 알고 있었다. B가 자신의 위치에 있을 때 그들은 A의 곁에 서 있었다. 한때 친구라고 믿었던 아이들이 손바닥 뒤집듯 A에게서 등을 돌렸다. A는 드디어 그들이 친구가 아니고 상황에 따라 움직이는 생선 떼라는 것을 깨달았다.

나,무

한서경

나는 항상 서있죠
팔을 쭉 뻗고
단단한 몸에
손가락 사이사이로
잎사귀들
꽃잎들
열매들
그리고 햇살

근데 나는?

바름 불어도 휘어지지 않고,
같은 자리에 그대로,
결국 모든 것을 내려놓지

사실 텅 비어 있기 때문에
그래

화장

글 한서경 | 그림 최유정

닫힌 문이 열리자 뭉쳐있던 기분도 풀리는 느낌이었다. 몇몇 애들만 교실에 남아 있었다. A는 앞쪽을 자세히 살펴보았다. 이윽고 짧은 머리가 가볍게 나풀거리며 뒤를 돌아보았다. 손에는 휴대전화를 쥐고 있었다. B는 먼저 인사를 했다. 소란스럽고 어지러웠던 입학식이 끝나고 인사할 시간도 없었다. 사실, B는 A와 같은 반인지도 아까 전에 알았다. 자기 소개 시간도 없었고, 무엇보다도 바뀐 머리 모양 때문에 방금 전까지도 헷갈렸던 것이다.

초등학교에서 가장 친하게 지냈던 둘은 중학교에 와서도 운 좋게도 같은 반이었다. B는 새 친구를 사귀어야 한다는 의무감에서 벗어날 수 있다는 것에 안도했다. 게다가 그냥 아는 것도 아니고 서로에게 가장 친한 친구였다. A가 일어서서 B에게 다가왔다.

"너 나랑 같은 반이었어?"

"응. 나도 지금 알았어. 근데 휴대전화는 왜 들고 있는 거야?"

"C랑 번호 교환하느라고.."

"C? 누군데? 우리 초등학교였어?"

"아니. 이번에 새로 사귄 애인데 괜찮은 것 같아서."

역시 A였다. B는 이런 A 덕분에 초등학교 생활을 무사히 마칠 수 있었다고 생각했다. B는 쓸데없는 말을 친구들에게 건네지 않았고 먼저 남 앞에 나서려고도 하지 않았다. 주변 사람들에게는 좋게 말하면 효

율적이고, 나쁘게 말하면 계산적으로 보일 수 있는 행동이었다. 하지만 B는 그런 거와는 거리가 멀었다. 소심해서 새로운 환경에 적응하는 것이 어려울 뿐이었다. 그런 것을 굳이 겉으로 내색하지도 않았다. 반면 A는 B와 완전 정반대의 성격이었다. 붙임성이 좋아 남자애들과도 두루두루 잘 지내던 아이였다. 벌써 친구 하나를 사귄 것은 그리 놀랄 일이 아니었다. 정말 이상한 것은 그런 A의 가장 친한 친구가 B라는 것이다. 둘은 집 방향이 같은 것도 아니고 같은 학원을 다니지도 않았다. 둘의 연결고리를 추측해 봐도 B는 쉽게 생각이 나지 않았다. 단지 계속 같은 반이었다는 것 밖에는.

"어떻게 친해졌는데?"

"첫날이라 자기 소개시킬 줄 알았는데 안 시키잖아. 그리고 앞자리에 있어서 네가 있는 줄도 몰랐고. 옆자리라 얘기해 보니 재미있어서."

"처음 봤는데 할 얘기가 있어?"

"먼저 인사했는데 어쩌다 보니 계속 얘기가 되더라고."

"아, 근데 그 친구는 어딨어?"

갑자기 A가 고개를 들어 뒷문을 쳐다보았다. B도 무심코 뒤를 돌아보았다. C였다. 같은 초등학교에 다녔던 친구들도 같이 온 것 같았다. C는 길고 밝은 갈색머리를 늘어뜨리고 서 있었다. C는 교복 주머니에서 틴트를 꺼내 바르다 B와 눈이 마주쳤다. B는 다시 A에게 몸을 돌렸다.

"쟤가 걔야?"

"응. C야. 예쁘지? 특히……."

그 순간 C가 A쪽으로 다가왔다. 그 뒤에 있던 애들은 휴대전화를 보면서 서 있었다. C는 A에게 점심을 같이 먹자고 했다. A는 B도 같이 먹으면 안 되냐고 했다. C와 B가 눈이 또 마주쳤다. 이내 C가 먼저 웃으면서 인사했다. B는 어색하게 웃었다.

"안녕."

"어……. 안녕!"

B에게 불안한 기운이 엄습했다. 초등학교 때 느끼지 못했던 것이었다. 초등학교 때는 A가 아무하고나 얘기해도 별 감흥이 없었다. 옆에서 C와 즐겁게 얘기하는 A를 보며 이번에는 다르다는 생각이 들었다. 창밖을 보니 높이 솟은 건물은 많기도 했다. 바람이 불어 운동장에 모래바람이 일었다. B는 눈을 가볍게 비볐다.

그날 하루만 점심을 함께 먹은 건 아니었다. 계속 점심을 같이 먹으며 낯을 가리던 B도 어느 정도 C와 그 친구들하고도 말을 텄다. 그렇다고 A 대하듯이 마음을 연 것은 아니었다. 요즘 A는 B보다도 C를 더 신경 쓰는 것 같다. 사실 A는 마음이 복잡했다. B가 그랬듯이 A도 같은 고민에 빠져 있었다. 나는 왜 B와 친했던가. 한 번도 생각해 본 적 없었다. 매년 보는 반가운 친구였다. 그것뿐이었다. 딱히 친해지고 싶었던 건 아니었다. C를 본 순간 친해지고 싶다는 생각이 들었다. A는 자신의 짧은 머리를 한 손으로 만지작거렸다. 엄마 손에 이끌려 가 자른 머리였다. 교실에서 길고 밝은 갈색 머리카락을 처음 보게 된 이후 계속 보게 되었다. 빤히 쳐다보다 머리가 예쁘다는 얘기를 꺼냈다. 중학교에 오기 전 일진에 대한 소문은 많이 들었지만 C가 그런 부류는 아닌 것 같았다. 말을 해보니 착하다는 느낌이 들었기 때문이다. 점심도 먼저 같이 먹자고 한 걸 보면 일진놀이 하는 애들은 아니라고 확신

했다. A는 C를 동경하고 있었다. C와 더 친해지고 싶었다. 그렇지만 쉽사리 B와 멀어지기는 어려운 일이었다. 누구보다 익숙한 친구였다. A는 그 점이 마음에 들기도 했지만 가장 마음에 들지 않는 점이기도 했다. B도 긴 머리카락을 갖고 있었지만 숱이 꽤 많았는지 어딘가 부스스했다. 교복도 살짝 답답하게 입고 다녔다. A는 자신이 왜 B와 친한 건지 생각하고 있을 때 C가 말을 걸어왔다.

"나 학교 근처 청소년 카페에서 알바하게 됐어."

"언제부터?"

"토요일마다 하는 거라서, 이번 주부터 계속."

"어떻게 알바하는 걸 알게 됐어?"

"아는 선배가 알바하는 걸 본 적이 있거든. 그 선배가 고등학생이 돼서 이제 못하니까 내가 하기로 했어."

"…… 근데 꼭 알바하는 이유가 뭐야?"

"우리 이제 중학생이잖아. 용돈이 더 필요하기도 하고. 방학 때 친구들이랑 놀러가려면 돈이 필요해서. 너희도 같이 할래?"

"응! 방학 때 같이 놀러가면 완전 재밌겠다."

"…… 그래. 같이 하자."

B는 사실 별로 달갑지 않았다. 알바를 전혀 해본 적이 없어 막연한 불안감이 들기도 했고, 꼭 알바를 가야되는지에 대해서 의문이었다. 하지만 친한 친구들이니까 그냥 한 번 따라가 보기로 했다. 그 와중에 A는 방학 때 친구들이랑 놀 것에 대하여 생각하느라 바빴다. 그 날, A와 B는 따로 교문을 나섰다. A는 어딘가로 바쁘게 발걸음을 옮겼다.

토요일이었다. 청소년 카페 담당자라는 사람은 세 사람에게 유니폼을 나누어 주고 간단하게 주문과 서빙하는 법을 알려 주었다. 청소년 카페라 근처 학생들이 많이 온다는 얘기도 했다. 알바를 본격적으로 시작하기 전에 A는 화장실에서 파우치를 꺼냈다. 어제 용돈을 털어 샀던 틴트였다. A는 화장실에서 입술 안쪽에 틴트를 발랐다. 처음에는 기름같이 미끈거리는 느낌이 들었다. 실수로 입에 들어간 게 쓴 맛이 나오기도 했다. 휴지로 몇 번 닦아 내고 다시 살짝 발랐다. 낙엽 같았던 입술 색이 붉은색으로 선명하게 물들었다. A는 화장실에서 나왔다. 방금 유니폼을 갈아입은 C와 마주쳤다.

"어? 너 입술 오늘 생기있다!"

C의 칭찬에 A는 기분이 좋아졌다. 자신이 동경하는 대상에 한 발짝 더 가까워졌다는 느낌이 들었다. A가 동경했던 것은 바로 C의 이런 기운이었다. 어딘가 자신감이 넘치는 모습. 활달한 것과 자신감이 꼭 같은 것만은 아니라는 것을 C를 보면서 깨달았다. 말을 하지 않아도 사람들에게 호감을 살 수 있는 것이 부러웠다.

"나중에 같이 틴트 사러 가자. 가서 나한테 어울리는 틴트 찾는 거 도와줘."

"그래. 근데 이번 주는 내가 시간이 안 돼. 다음 주 일요일에 가자."

그 순간 B는 어떻게 해야 할지 혼란스러웠다. 아까 A가 틴트를 바르고 나온 모습을 보고 불편했다. 교칙에 어긋났다던가 학생답지 않다는 구닥다리 생각을 한 건 아니었다. 중학교 들어와서 틴트 바르는 여자애들 모습을 처음 본 것도 아니었다. 부럽다는 생각은 더더욱 아니었다. B는 A가 변화하고 있다는 것을 느꼈다. 그것이 좋은 방향인지 나쁜 방향인지는 잘 모르겠지만 B에 대한 미묘한 태도의 변화를 느꼈다. 쉬는 시간에 B 대신 C를 먼저 찾아 얘기하느라 B와 얘기를 못한

style
Oh
My
Got !
Oh My Got !

적도 많다.

"미안한데…… 나는 같이 못 갈 것 같아. 그날 어디 가야 해서……."

"그래? 그럼 어쩔 수 없지. 나중에 기회 되면 같이 가자."

첫 손님이 들어오고 난 후부터 꽤 바빠져서 서로에 대해 생각할 시간이 없었다. 주변에 있는 카페들은 다 비싸기 때문에 주머니 가벼운 친구들이 모이기엔 꽤 인기 있는 장소였다. 주문받고 만드는 일은 A와 C가 번갈아했고, B는 서빙과 테이블 정리를 했다. 사람은 많고 테이블은 적어서 치우기가 바빴다. B의 눈에 무엇인가가 들어왔는데, 그림이었다. 4인 테이블에 혼자 앉아서 그림을 그리고 있는 손님이 있었다. 주변 테이블을 바쁘게 청소하며 지나가다 보니 자연스레 눈에 들어왔다. 그 손님은 카페를 그리고 있었다. 연필로만 슥슥 그렸는데도 생동감이 느껴졌다. 손은 테이블을 바쁘게 오가면서 눈은 춤추는 연필선을 따라갔다. 그러다 B는 나가려던 손님과 부딪혀 음료를 쏟고 말았다. 앉으려던 손님은 B에게 소리쳤다.

"아니 손님이 오기 전에 빨리빨리 치워야 할 거 아냐, 주근깨년이."

"죄송합니다."

"죄송하다면 다야? 이 옷 어떻게 할 거야. 흰 옷이라 잘 지지도 않는데."

"죄송합니다. 세탁비 변상해 드리겠습니다."

"뭐야? 세탁비 변상하면 끝이야? 이 옷 네가 똑같이 새로운 걸로 사와."

결국 담당자가 내려왔다. 담당자는 B에게 간혹 저런 진상이 있다면서 너무 상처받지 말라고 했다. B는 말없이 고개를 숙이고 끄덕였다. A는 B가 입술을 앙다물다가 힘을 푸는 것을 봤다. A는 C가 자신을 칭찬해 주었던 것처럼 자신도 B한테 그런 존재가 될 수 있었으면 좋겠다고 생각했다. 알바가 끝나고 A는 틴트나 크림을 발라 보는 건 어떠냐고 B에게 물었다. B는 괜찮다고 했다. A는 기분이 언짢아졌다. 자신은 B를 위한 말을 해준 것뿐인데 이렇게 무안하게 굴 필요까지는 없지 않나, 라는 생각을 했다. 아직 익숙하지 않아서 그런 것일지도 몰라, 하고 A는 생각했다. 한편 B는 불편함의 원인을 찾느라 바빴다. 아까는 A가 B를 위한 말을 해준 것이었다. 자신의 반응은 A를 무안하게 했을 것이다. 하지만 막연하게 자신과는 어울리지 않는다는 생각밖에 안 들었다. B는 자신도 이해가 되지 않아 답답했다.

그 이후 쉬는 시간에는 A가 파우치를 들고 B 자리에 가서 얘기를 시작하는 게 일상이 되었다. 처음에 파우치에는 틴트밖에 없었지만 날이 갈수록 점점 가짓수가 많아졌다. A는 아직도 B가 화장품에 대해서 거부하고 있는 이유가 익숙하지 않아서이고, B도 안 할 이유가 없다고 생각했다. B는 그것이 아니라는 것을 A에게 어떻게 전할지, 과연 전할 수 있을지가 고민이었다. 그게 뭔지 B 자신도 정확하게 표현할 수 있을지 자신이 없었다. 게다가 오늘은 A가 친구들과 화장품 가게를 다녀온 바로 그 다음날이었다.

"어제 C가 소개해 준 화장품 가게에 다 같이 다녀왔거든? 후문 쪽에 있는 것보다 훨씬 크더라고. 그래서 완전 질렀어."

"내가 볼 땐 색깔이 다 거기서 거기 같은데……."

"나도 처음에는 그런 줄 알았는데, C가 그러는데 아니라고 하더라고. 다 발라 봤대."

A가 선명한 붉은색이 감도는 틴트를 들며 말했다.

“이게 내가 제일 좋아하는 색. 어울려? 이건 맛도 있더라고.”

“…… .”

“그럼 이건 어때? 어제 산 크림. C가 많이 쓴다고 했어.”

“음…… .”

상황이 이런데 B는 자신이 쓸데없이 변화를 두려워하고 있는 건 아닐까, 내가 괜한 고집을 피우고 있는 건 아닐까, 친구들 중에서 나 혼자만 튀려고 하는 건가, 그렇게 보이지는 않을까, 이렇게 꼬리에 꼬리를 무는 질문에 어지러웠다.

갑자기 A는 파우치에 화장품을 집어넣고 B에게 물었다.

“뭐가 문제인 거야?”

“응?”

“카페에서 그날 이후로 말야.”

“이제 난 괜찮아. 별로 신경 안 써.”

“아니긴 뭐가 아니야. 화장실에 가면 왜 거울을 힐끔힐끔 쳐다보는 건데?”

“그게 아니라…… .”

“사실은 신경 쓰고 있는 거잖아. 무의식적으로라도 말이야. 나는 네가 더 이상 상처받지 않았으면 좋겠다는 마음에서 이러고 있는 거야. 화장을 해서 안 좋을 건 없잖아. 너는 화장을 왜 안 하려고 하는 건데?”

“그런 거 아니야. 그냥 나한텐 안 어울리는 것 같아서.”

“그럼 C는? C 뿐만 아니라 다른 친구들도 다 하고 있어. 그게 그렇게 잘못된 거야? 계속 그렇게만 있을 수는 없잖아.”

B는 막막한 기분에 책상에 엎드렸고 A가 부쩍 C를 언급하는 수가

BLUE
HIS

많아졌다고 생각했다. A는 왜 B 혼자서 변화하지 않으려는 건지 이해가 되지 않았다. 튀려고 하는 애도 아니고, 저렇게 무작정 피하려고 하는 게 난감했다.

"…… 그럼 나 자리로 갈게."

"……."

이렇게 빨리 깨질 줄 몰랐다고 B는 생각했다. 초등학교 때 가장 친하게 지내던 친구인데. A는 점점 C를 닮아 가고 있었다.

수행평가를 하는 시간이었다. 조는 자리 순서대로 정해지고 자연히 A와 C는 같은 조가 되고, B는 다른 친구들과 같은 조가 되었다. 발표 수행평가였는데 국어 선생님은 조원 모두가 발표를 해야한다고 하셨다. 자유 주제로 3분 이상을 발표하는 것이었다. 발표 전까지 세 번의 회의 시간이 있었다. 간단한 회의를 마치고 조원들 각자 하고 싶은 걸 했다. 그때 B는 모둠에서 친한 친구가 없어 자연스레 A와 C가 있는 쪽으로 눈길이 갔다. A와 C는 무슨 얘기를 하고 있는 것 같았다. A가 C쪽으로 몸을 가까이 한 걸 보니 C에게 할 얘기가 생긴 모양이었다. 잠시 후, B는 A를 보지도 않고 얘기하던 C와 싸늘하게 눈이 마주쳤다. 날카로운 눈이 칼처럼 B의 목 언저리에 훅 들어왔다. 자연스레 고개를 돌려 버렸다. 옆에서 두 명이 몸을 맞대고 얘기하다가 이내 자기 노트에 슥슥 그리는 게 보였다. 궁금증이 일어 다른 모둠을 보는 척하면서 곁눈질로 찔끔찔끔 봤다. 사람을 그리고 있었다. 하나는 거칠고 대담하게 그리는 반면에 다른 애는 세심하고 꼼꼼하게 그렸다. 둘 다 그릴 때는 아무 말도 하지 않았다. 그래서인지 B의 곁눈질에도 아무 신경 안 썼다. 책상 위 붙어 있는 이름표를 봤다. 거칠고 대담한 그림은 D였고, 세심하고 꼼꼼하게 그리는 애는 E였다. D가 갑자기 고개를 들어 E에게 자기 노트를 밀었다. 넋을 놓고 바라보던 B는 괜스레 다른 모둠을 쳐다보는 척했다. 신경은 온통 뒤로 쏠려 있었다.

"이번엔 어떤 애야?"

"음……."

"아, 진짜? 눈이 좀 다른 것 같지 않아?"

"그런가? 옆에 있어서 보기가 좀 힘들었어."

"왜 하필 앤데?"

"정면에 있는 애 쳐다보기도 좀 그렇고. 뒤돌아 그리는 건 더더욱 불편하고. 남은 건 대각선 쪽인데 이번엔 등지고 있는 애들이 많아서 그랬어."

"나처럼 그냥 하지."

"난 좀 그렇더라고. 그리고 한 번도 못 그려 본 애라 이번에 그려보고 싶었어."

누구지? 질문이 머릿속에서 맴돌았다. 그때 종이 울렸다. 책상을 옮기면서 책상 위에 놓인 그림을 힐끗 봤다. 나였다. 처음에는 나라는 걸 몰랐지만 계속 생각해 보니 분명 나였다. 거울 속 나랑 달라 보였다. 주근깨가 있었지만 그렇게 흉하지는 않았다. 그림으로 내 얼굴을 보니 새로웠다. A 말은 인정하기 싫었지만 아예 안 보던 예전에 비하면 거울을 조금씩 보기 시작했다. 하지만 A 말대로 거울을 보면서 항상 나쁜 기억만 떠올린 건 아니다. 어떨 땐 새삼스럽게도 신기했다. 항상 내 얼굴을 볼 기회가 없었는데 보게 되니 그렇기도 했고, A나 다른 애들이 신경 쓰는 게 이런 거구나, 라는 걸 느끼기도 했다. A의 얼굴을 보고, C의 얼굴을 거기서 봤다. 거기에다 A는 무언가를 자꾸 하라고 했다. 갑자기 C의 눈이 생각났다. 본 순간, 썰물같이 쓸려나가는 듯 한 느낌이 들었다. 왜 그런 눈으로 쳐다봤을까.

잠깐 생각하는 사이 교실이 텅 비었다. 점심 시간이었다. 사물함에서 새 노트를 꺼냈다. 오늘 날짜를 맨 위에 적고 눈에 보이는 빈 교실을 그렸다. 그 카페에서의 그림 그리는 사람이 궁금해졌고, 문득 D와 E가 그리는 그림에 대해서 궁금해졌다. 이어서 A와 C가 생각났다. 이미 텅 비어 버린 교실에서 A와 C를 찾을 생각은 없었다. A와 싸우기도 했고, C의 날카로운 눈이 자꾸 생각났다. 불편하게 따라잡는 것보다는 차라리 그냥 오늘만 같이 안 먹는 걸로 하지, 하고 넘겼다.

그때 뒷문에서 A는 B를 말없이 물끄러미 쳐다보고 있었다. C는 평소보다 미묘하게 빠른 걸음으로 교실을 빠져나갔다. A는 C에게 먼저 가서 먹고 있으라고 하고 다시 교실로 올라왔다. A는 4교시에 C에게 B에 대한 말을 꺼낸 것을 생각했다. B 앞에서는 하기 어려운 말이라 멀리 떨어져있는 그때가 적격이었다.

"저기, B 요즘 이상한 것 같지 않아?"

"아, B? 왜?"

"저번에 카페에서 있었던 일 기억나? B가 어떤 진상 아저씨한테 욕먹은 거 있잖아. 그 이후로 상처를 받은 것 같더라고. 화장실에 가면 안 보던 거울도 보고 그래서."

"응."

"이 참에 B도 꾸미면 좋을 것 같아서 화장품 몇 개 알려 줬지. 처음에 시큰둥하게 반응하길래 아직 익숙하지 않아서겠지, 라고 생각했는데 계속 그러잖아."

"응."

"이해가 안 되더라고. 처음엔 날 무시하는 건가, 생각했는데 그런 애는 아니니까."

"응."

"다른 애들 다하는데 혼자 튀려고 하는 건지도 생각해 봤는데, 그런 것도 아닌 것 같고."

"그래."

"그래서 나랑 좀 싸웠거든. 내 생각에 상처를 받아서 오히려 화장에 거부감을 느끼는 게 아닐까 싶어. 역시 내가 먼저 다가가야겠지? 나 좀 도와줄 수 있어?"

"왜 그래야 돼?"

"응?"

"너도 그렇고 나도 그렇고. 왜 그래야 하는 거냐고."

"항상 같이 다녔잖아. 나름 친하고……."

"B는 너랑 초등학교 때부터 가장 친했다며. 그런 너의 말을 그렇게 들었으면 나는 소용없겠지."

"그래도 나는 걔랑 그렇게 멀어지기는 싫은데. 알잖아, 너도. B 좋은 애라는 거."

"나는 별로야. 예전부터 그랬어. 지금 너뿐만 아니라 내 얘기에도 시큰둥했어. 애초에 아예 관심이 없는 거야. 말해 봤자 소용없는 애라고. 난 네가 왜 그런 애한테 마음을 쓰는지 이해가 안 돼."

C의 눈이 날카롭게 B를 향했다. 그 순간 말을 하려던 A는 호흡을 멈추었다. 눈초리가 갈퀴로 변해 어떤 것을 쓸어갔다. C의 그런 눈을 본 건 처음이었다. B를 경멸하는 빛이 눈에 어렸다가 냉대로 바뀌는 건

순식간이었다. C가 B를 그렇게 생각하고 있었다고? 아니라고 말하고 싶었지만 A는 자신이 없었다. C는 B와 항상 반대편 의자에 앉았다. B는 한번도 C에게 말을 먼저 걸은 적이 없다. 왜 아직까지도 몰랐을까. 모른 게 아니라 못 본 척한 것이었다. 그래도 A는 이 상황이 낯설기만 했다.

"으응."

B의 행동도 평소와는 달랐다. 책상으로 등을 약간 굽힌 채 무언가를 하고 있었다. A는 평소 아무 행동도 안 하던 B가 익숙했다. 끝내 B를 부르지 못하고 급식실로 내려갔다. 약간의 자존심과 C의 말이 걸렸기 때문이었다. A는 조금 더 생각해 봐야겠다고 생각했다.

A는 밥알을 몇 숟갈 떠서 입에서 잘근잘근 씹으며 생각했다. 지금 가장 친한 건 누구인가.

나는 어떻게 해야 하는가. C와 친해진 이후로 A는 C를 줄곧 동경해 왔다. C는 A와 항상 얘기했고, 카페에서 알바도 같이 했고, 화장품 가게도 같이 가 준 착한 친구였다. 그런데 그 눈은 그게 아니라는 걸 말하고 있었다. C를 좋아하면서도 B를 떨칠 수 없는 이유가 떠올랐다. B는 절대 눈으로 딴 말을 한 적이 없었다. 어쩌면 C가 A를 대하는 태도가 지금은 이렇지 몰라도 나중에 바뀔 수 있다는 걸 생각하면 불편했다. C를 쳐다보니 아무렇지도 않은 표정으로 옆의 친구랑 얘기하고 있었다. C의 입술과 친구들의 입술이 어지럽게 움직였다. 이상하게도 색깔이 똑같았다. 진짜는 뭘까. 답답했다. A는 밥알을 더욱 꼭꼭 씹었다. 혹시라도 소화가 되지 않을까봐 걱정되어서.

B는 겉으로 보기엔 혼자인 것처럼 보였다. 더 이상 쉬는 시간에 A랑 얘기하지도 않았고 암묵적으로 A와 C와 점심을 같이 먹지 않았다.

아예 급식을 안 먹었다. 쉬는 시간마다, 점심시간마다 노트를 꺼내 손이 가는 대로 그렸다. A와 C랑 있을 때처럼 정신이 곤두서 있지는 않았지만 여전히 그 질문을 속에 품고 있었다. A와 C를 따라가야 하는 건가? 만약 그렇지 않다면 그 불편함을 계속 안고 가야 하나? 그 때 C의 눈의 의미는 뭐지? 내가 A랑 C를 불편해하는 이유와 같겠지. 그렇게 별 뾰족한 수도 없이 반 답답함, 반 해방감으로 그림을 그렸다. 문득 들고 있는 연필을 보았다. 심은 뾰족했다. B에게 그림은 A와 C에 대한 질문의 또 다른 표현이었다.

두 번째 회의 시간이었다. 저번에 자료 조사해 온 걸 대충 취합하고 이번에도 하고 싶은 걸 했다. B는 이번에 A와 C가 있는 조를 보지 않았다. 노트를 꺼내 그림을 그렸다. 조용히 종이 울렸다. 책상을 옮기는 데 누군가가 B의 등을 툭툭 쳤다. D였다.

"저기, 너도 혹시 그림 그려?"

"어, 으응."

"우리 둘이 그림 그려서 서로 돌려 보고 말해 주거든. 너도 할래?"

"그래도 될까?"

"원래 그림에 관심 없는 줄 알았는데 언제부턴가 그림을 계속 그리더라. 특히 요즘 점심 시간에는 점심도 안 먹고 혼자 그림만 그리고 있었잖아."

B는 망설였다.

"그림에 관심이 많으면 도움이 많이 될 거야. 할래, 안 할래? 안 해도 괜찮아."

"그럼 할게."

D와 E는 B의 생각보다 훨씬 자유분방한 친구들이었다. 우선 학교

생활 하는 게 달랐다. 친하게 지내야 한다는 압박감이 없었다. D와 E는 점심을 같이 안 먹어도 다음 날 같이 먹곤 했다. B는 의아했다.

"너희 그러면서 서로에게 화나지 않아?"

"뭘 하면서?"

"밥을 같이 안 먹으면 서로에게 서운하잖아."

"물론 서운할 때도 있지만 따로 먹을 수도 있는 거지."

이건 시작에 불과했다. 같이 지낼수록 D, E랑 다녀도 자신을 안 맞춰도 된다는 것을 느꼈다. A와 C에 자신을 맞추지 않아도 된다는 것뿐만 아니라 누구에게도 맞추지 않아도 된다는 게 좋았다. A가 말한 변화라는 게 지금 일어나고 있다는 것을 느꼈다. 지난 몇 달 동안 A와 C에 대한 생각을 하지 않았다는 게 놀라웠다. A는 지금 어떻게 지내고 있을까.

거울은 모든 것을 그대로 보여 주면서도 반대로 보여 준다. A와 B가 거울 때문에 싸우게 된 이후로 몇 달이 지났다. A는 습관처럼 화장실 세면대 앞에서 틴트를 꺼내 입술에 바르려고 했다. 그때 거울로 낯익은 얼굴이 지나갔다. B였다. B는 다시 틴트를 세면대에 올려두었다. 그리고 잠시 거울을 쳐다보았다. B의 입술을 보았다. 그리고 자기 입술을 보니 옅게 착색된 것을 보고 놀랐다. 급식실에서 본 C의 입술이었다. 틴트를 너무 많이 바른 탓이었다. 다시 B의 입술을 쳐다보았다. B의 입술은 가볍게 빛났다. 몇 달 전 B에게 했던 말이 떠올랐다. "계속 그렇게만 있을 수는 없잖아." 이번에는 A에게 다르게 다가왔다. A는 세면대에 올려둔 틴트도 잊은 채 뒤돌아가는 B를 붙잡았다.

"B!"

Yoo Jin Ah

B가 뒤를 돌아보았다.

"어, 지금 내가 해야 될 말인지는 모르겠지만, 잘 지냈어?"

"너는 어때?"

가벼운 바람이 어디선가 불어온다. 긴 머리와 짧은 머리 모두가 찰랑거린다.

시흥중학교

미움

김수현

과거의 너를 미워해도 좋지만 싫어하진 마
과거의 너도 너고 현재의 너도 너니까.
과거의 나를 싫어하지 않는 건 쉬운 일이 아니지만
그렇게 되면 거기서 멈추게 되는 거잖아.
미워해도 돼.
싫어하게 되지는 말아 줘.

가시

김수현

잊은 것 같지만 아니야.

괜찮은 것 같지만 그것도 아니야.

나에게 날카롭지만 네겐 너무 너무 작아서 볼 수도 없어

그렇지만 나도 누구에겐 커다란 가시

다운 것

김수현

내가 무엇이라고 해서 무엇 다울 필요는 없어
무엇답다는 건 결국 남들이 정해 준 거잖아
내가 나다우면 되는 거야. 네 맘이야.
그러면 돼. 그럴 수도 있지. 그래도 괜찮아.
마음대로 해도 괜찮아.
그런다고 지구는 멸망하지 않으니까

시가 좋다

김예은

시가 좋다
한 번 읽고 두 번 읽고
계속 읽다 보면
숨겨진 함축된
내용들이 모습을 드러낸다

마침내 시 전체의
의미를 알았을 때
아! 하고 느낀다

그래서 시가 좋다

최선을 다해야

김예은

앞날이 보이지 않는 것 같다
중학교, 전교 20등 안에는
들어야 수도권 대학을 갈 수 있단다

문제 한 개 차이로
붙고 떨어지는 대학!

고등학교 가기가 무섭지만
앞이 캄캄한 것만 같지만
한 번 열심히 해볼란다

최선을 다해야 후회하지 않을 것 같으니까

엄마

김예은

"공부해!"
싫다
"공부해!"
짜증난다
"공부해!"
스트레스 받는다

어느 날,
그 안에 숨겨진
엄마의 사랑을 알고 났을 때

"엄마 죄송해요."

고민

박신영

내 옆에 앉은 친구 지금
쉬지 않고 펜을 놀리며
글을 써 나간다.

머뭇머뭇 몇 줄 쓰여진 내 종이만
오히려 주름 지고 더럽기만 하다.

한 장 한 장 쌓여 가는
내 옆의 종이들 힐끗 보니
내용은 가볍더만
쌓이니 내 종이보다 훨씬 무겁다.

낙엽 더미에 막혀 못 흐르는 물줄기처럼
내 머릿속도 답답하기만 하다.

사각사각 시원히 옆에서 들려오는 소리
나도 꼭 저리 됐으면

집밥

박신영

밥상에 찌개 하나 올라와
보골보골 끓는 걸 지켜본다.

참, 맛있겠다

한 숟갈 두 숟갈
가득가득 떠 먹어 가는
우리 가족을 바라보며 먹자니
괜시리 몸이 따듯해진다.

뜨거운 찌개로 속이 따듯한 걸까
찌개 속에서 몽골몽골 피어오르는
엄마의 사랑에 마음이 뜨듯해지는 걸까

직경直景*

박신영

비스듬 비춰 보이는 거미줄이 빛을 내고
연이어 울리는 찌르르 소리가 공중에 띄워지고
높은 저 나무들 사이로 그으며 들어온 햇살은
불어온 바람에 조용히 일렁인다.

이따금 귀와 이 종이에 다녀가는 날벌레들은
어찌 그리 분주한지

저 바위위 깔린 낙엽과 나뭇가지들은
어찌 저리 무덤덤한지

*위 제목은 김삿갓이 지었던 시 주제에서 따온 것입니다.
보이는 그대로의 경치라는 뜻

바람

서지현

창밖에 있던 바람
교실 안으로 들어와

머리카락은 또 좋다고
싸대기
아!

스마트 워치

송다빈

나랑 같이 폴더폰 쓰는 애가
스마트 워치로 갈아탄다고 한다

그동안 같은 폴더폰이어서 덜 쪽팔렸는데
입이 떡 벌어졌다

그냥 나랑 같이 폴더폰 쓰지 않을래

왕자와 노파

송다빈

#1

우리가 알지 못하는 어느 나라에 아주 거대한 왕국이 있었습니다.

그 왕국은 멋지고 웅장했으며 셀 수 없는 하인들과 군사들이 지키고 있었습니다.

그 왕국에 멋진 왕자가 살고 있었는데 잘생기고 총명하여 이웃 공주들에게 청혼을 많이 받았지만 왕자는 모두 거절했습니다.

왜냐하면 왕자는 사랑하는 사람이 따로 있었기 때문입니다. 그 여자는 예쁘지도, 돈이 많지도 않지만 자신이 가진 것을 베푸는 마음이 아주 예쁜 여자였습니다. 왕자는 온 마음을 다해 여자를 좋아했습니다.

그래서 밤에 몰래 궁밖에 나가 여자의 집을 찾아가서 밤새도록 이야기를 나누다가 아침 해가 뜨기 전 궁으로 돌아오곤 하였습니다.

그런데 어느 날 왕자가 몰래 궁궐에 나가 여자의 집에 들어가는 것을 본 신하는 그 사실을 사람들에게 알렸고, 결국 왕의 귀에까지 들어가게 되었습니다.

왕은 매우 화가 나서 여자를 죽이라고 신하들에게 명령했고 왕자가 막으려 했지만 여자는 결국 죽고 말았습니다.

심각한 슬픔에 빠진 왕자는 북쪽 숲으로 도망쳤습니다. 북쪽 숲은 마치 왕자의 마음처럼 추웠습니다. 왕자는 힘없는 걸음으로 걷고 걷다가 얼마 못가서 그만 쓰러지고 말았습니다.

#2

눈을 떠 보니 낡은 오두막 안에 들어와 있는 것 같았습니다. 주변을 둘러 보니 해골들이 가득 있고 심지어 시체를 얼려 놓은 진열장들도 있었습니다. 깜짝 놀란 왕자는 공포에 떨었습니다. 그때 어디선가 목소리가 들려왔습니다.

"너같이 심장이 차가운 녀석은 안 죽어"

"누구세요? 모습을 드러내 주세요!"

왕자가 말했습니다. 그러자 불꽃이 밤을 밝게 비추더니 한 노파가 나타났습니다.

"누구시죠?"

노파는 아무 말도 하지 않고 화롯가 앞에 있는 항아리에 물을 담고 펄펄 끓이기만 했습니다. 답답한 왕자는 방문을 열고 나가려고 몸을 일으키는데,

"나가면 낭패일 걸 곧 눈이 아주 많이 올 거야"

하고 노파가 말했습니다.

"하지만 전 여길 나가고 싶어요. 너무 끔찍하다고요."

"뭐가 끔찍하다는 거지? 인간이란 죽으면 내 발밑에 있는 해골처럼 쓸모없어져."

노파는 화롯가를 오랫동안 살펴보다가 입을 열었습나다.

"혹시 죽음을 두려워하는 게야?"

왕자는 곰곰이 생각했습니다.

"죽음을 두려워하는 건 아닌 것 같아요, 왜냐면 난 내가 죽는다는 걸 알고 있거든요."

노파는 고개를 저었습니다

"아니야, 두려워하는 것과 아는 것은 달라. 두려워하는 것은 감정에 속하고 아는 것은 지식에 속해 따라서 그 대답은 내 질문엔 맞지 않아"

왕자는 그 말을 곱씹고 생각하고 생각했습니다.

그때 노파가 그릇에 무언가를 담더니 왕자에게 가져다주었습니다.

"마셔. 좀 나아질 거야"

왕자는 그것을 받아서 단숨에 쭉 들이켰습니다.

점점 몸이 따뜻해져 가는 느낌이 들었습니다.

정신도 훨씬 맑아졌습니다. 왕자가 말했습니다.

"죽음은 참 이기적이에요. 모든 걸 다 가져가 버리거든요."

"우리는 죽음을 함부로 판단할 수 없어. 죽음을 다음 생애를 위해 쉬어가는 단계라고 생각하는 사람이 있는 반면 너처럼 사랑하는 사람을 잃는 경험 때문에 부정적으로 평가하는 사람도 있기 때문이지."

노파는 창문을 바라보면서 말했습니다.

"이제 눈이 그쳤으니까 나가서 너의 자리로 돌아가. 그리고 나와의 만남을 통해서 새로운 삶을 살아가기를 바래."

왕자는 감사 표시를 하고 문을 열고 나왔습니다.

뒤를 돌아보자 낡은 오두막은 흔적도 없이 사라졌습니다. 왕자는 왕국으로 돌아갔습니다.

자신의 아들을 되찾은 왕은 크게 기뻐하며 파티를 열었습니다.

이후 왕자는 외모가 아주 예쁜 여인을 아내로 맞게 되었는데 그 여인이 낯설지 않다는 것을 왕자는 느꼈습니다.

그리고 왕자와 여인은 오랫동안 행복하게 살았습니다.

울지 마

유혜원

먹구름이 몰려오면
하늘이 운다.
하늘의 눈물은 몽땅
나무에게 쏟아진다.

하늘이 울음을 겨우 그치면
이번엔 나무가 운다.
나무의 눈물은 몽땅
땅에 쏟아진다.

나무가 울음을 그치면
그 다음엔 땅이 운다.
땅은 자기 눈물을
꿀꺽 삼켜 버린다.

하늘이 운다.
나무도 운다.
땅도 운다.

공부

유혜원

공부하기 싫다.
왜 싫으냐고 물어본다면
그냥 싫다.

가끔은 공부한테
미안하다.

그래도 어쩌겠어
공부가 싫은데

엄마 선생님

유혜원

엄마랑 선생님은 닮은 게 많다.
나한테 잔소리 하는 것도 닮았고
지루한 얘기하는 것도 닮았고
공부해! 닦달하는 것도 닮았다.

그래도 나 생각해 주는 사람
엄마랑 선생님밖에 없지.
이것도 닮았네
엄마 선생님
선생님 엄마

초등학생

유혜원

난 초등학생으로 돌아갈래
아냐 아냐 유치원생으로 돌아갈 거야
싫어 아기가 될 거야
그럼 엄마 뱃속에 다시 들어가고파

엄마 치마폭을 들추다가
꿀밤 한 대 딱콩 맞았다

마침표

유혜원

한 문장의 끝이 아닌

다음 문장의 시작이 되길.

-

풋사랑

이수은

옆자리 그 애
바라만 봐도
두근두근
혼자서 몰래
반쪽 사과 먹었네

옆자리 그 애
내게 다가와
영화 볼래?
둘이서 같이
풋사과 먹었네

힘빼자

이수은

'힘내자'
사람들은 항상 힘내자고 한다.
하지만 항상 힘낼 필요 없다
가끔 힘을 빼고 여러 가지 생각에 잠겨
그 속에서 헤엄쳐야 한다.
그러니 우리 모두 힘빼자!

개미

조가은

좁은 골목 작은 아이
콩! 깡충!
뭐하나 물어봤더니
작은 개미 밟는다더라.

꼬마야, 죽은 제 동료 옮겨가는
저 개미들이 보이지 않니?

아아아!

내 귓가에
불쌍한 개미들의 비명 소리가
들리는 듯하구나.

01f*……동물이 말을 한다면

조가은

"저쪽……오는 길에……동물 보호법……봤어."

"그게 뭔데?"

"나도 몰라, 꽤액……헙!"

이 무슨 소리란 말인가. 연못가를 거닐던 오리 한 마리가 방금 전 괴상한 소리를 내뱉은 자신의 부리를 두 날개로 감싸 쥐었다.

"방금 무슨 소리?" 다른 오리가 눈을 동그랗게 뜨며 여전히 날개로 제 입을 틀어막고 있는 오리에게 물었다.

누두 믈러(나도 몰라)……."

꽤액이라니!

이 대화는 마침 땅 위로 올라온 통통한 지렁이를 두 오리가 발견함으로써 끝난 듯 보였다.

페터 씨의 기분은 그날따라 유독 좋아보였다. 적어도 자신의 회사 앞에서 무언가를 열심히 외치던 사람들에게 둘러싸이기 전까지는.

"당신은 인간도 아니야! 당신과 당신의 그 잘난 회사 좀 보라고!"

"그들도 우리와 같다고!"

또 동물보호단체인가, 정말 지치지도 않는가 보군. 페터 씨가 흘려

*01f - '만약'과 같은 뜻.
동물이 유전자 변형이나 조작 없이 원래부터 말을 할 수 있었다는 설정.

내리는 계란을 털어 내며 생각했다.

부르르릉……

도무지 페터 씨를 붙잡고 놓아줄 생각이 없을 것처럼 보이던 사람들은 회사를 향해 다가오는 차 한 대를 발견하자 곧 그 차를 향해 돌진했다.

불쌍한 사장님. 페터 씨는 사람들에게 둘러싸인 번쩍거리는 자동차를 뒤로한 채 회사를 향해 터벅터벅 걸어갔다.

'윌던미트'

이곳에서 가장 큰 정육업체이자 페터 씨의 월급을 책임지는 곳. 오늘도 어김없이 똑같은 관리실, 똑같은 책상에 앉아있는 페터 씨는 시계를 힐끗 쳐다보더니 사방에서 들려오는 기계들의 소음을 들으며 신문을 펼쳐 들었다.

'……이와 같이 광장에서는 동물 살육에 반대하는 시민들이 시위를 벌이고 있으며……동물들도 모두 우리와 같이 말을 하고 의사를 표현할 수 있는……정육업체에서는 말은커녕 지능도 매우 낮은 '고기'용 사육동물들만을…….'

오늘도 별 얘기 없군. 페터 씨가 신문을 덮으며 생각했다.

나라 간에 법이 생기고 체제가 잡힌 후부터 시작되어 아직도 끝나지 않고 있는 논쟁거리. '인간과 다를 바 없는 동물들을 우리의 식탁에 올려도 되는가?'

19세기 초까지만 하더라도 원래 고기를 먹어 오던 인간들에게 이는 그리 큰 문제가 아니었다. 그러나 점차 인식이 바뀌고 인권, 동물 보호 등에 대한 관심이 높아지며 우려의 목소리가 점점 커지게 되었다.

당시 들끓던 논쟁을 잠재운 것은 한 사업가, 바로 월던미트의 창업자인 매드 월던이다. 월던은 자신이 말을 할 수 없기에 지능 또한 매우 낮은 동물들을 찾아냈다며 그런 동물들을 사람들에게 보여주었고, 이후 이 동물들이 사육되어 사람들의 식탁에 오르게 되었다.

그런데 왜, 왜 지금 다시 이 문제가 사회적으로 큰 논란이 되고 있을까. 이는 얼마 전, 월던 동물(발견자의 이름에서 따옴.)을 연구하던 한 과학자가 지금껏 생명으로서의 작은 존중조차 받지 못했던 이 짐승들에게도 감정이 있다는 주장을 내세웠기 때문이다. 그 과학자의 말에 따르면 인간들이 아무렇지도 않게 죽여 오던 식탁용 짐승들이 생각을 할 수 있으며, 자신이 죽는 순간을 감지하고 고통을 느껴 왔다고 한다. 이 한 번의 주장에 평소 동물들과 의사소통을 하며 지내오던 인간들은 경악을 금치 못했고, 동물들을 보호해야 한다는 목소리는 점점 커져만 갔다.

다음 날, 어제와 다를 바 없는 모습으로 회사에 출근 한 페터 씨는 평소보다도 많은 빈자리에 혀를 끌끌 찼다.

"이봐, 행키, 출근 한 사람이 이거밖에 안 되는 거야? 다들 동물보호 운동이라도 하시겠대?"

페터 씨가 빈자리들을 손으로 가리키며 바쁘게 돌아다니고 있는 사장의 원숭이에게 빈정댔다.

"알게 뭐야! 쓸데없는 소리 하지 말고 가서 일이나 해!"

"원숭이 주제에 말하는 꼴 하고는."

페터 씨가 멀어져 가는 원숭이의 뒷모습을 바라보며 중얼거렸다.

오후 3시쯤 지났을까, 아래층에서 들려오는 소란스러운 소리에 빠르게 타자를 치던 페터 씨의 손이 멈췄다.

“이게 무슨 소란이람.”

페터 씨는 잠시 멈칫하는가 싶었지만 그런 사소한 소동 따위에 신경을 빼앗길 페터 씨가 아니었다.

‘곧 잠잠해지겠지.’

타자기 위를 오가는 페터 씨의 손이 빨라졌다.

그러나 곧 페터 씨의 생각은 틀린 것으로 드러났다. 소란이 곧 멈출 것이라던 페터 씨의 생각과는 달리 사람들의 외침은 기계들의 소음까지 묻힐 정도로 커졌으며, 페터 씨의 관리실과도 점점 가까워졌다.

“……몰아내자!”

“……를 폐지하라!

일났군. 이게 무슨 소리야? 분노에 찬 사람들의 외침은 지금껏 흔들림 없던 페터 씨를 불안하게 했다.

“우아아아! 몰아내자! 모두 몰아내 버리자!”

사람들과 페터 씨와의 거리가 얼마 남지 않았다. 그러다 두려움에 사로잡힌 페터 씨가 탈출 계획을 세우려던 바로 그때 옆 관리실에서 문을 열어젖히는 소리가 들려왔다. 그러더니 곧……벌컥!

“다 부숴 버려!”

“모두 몰아내야 돼!”

관리실의 문이 열리며 사람들이 쏟아져 들어왔다. 하지만 다행히도 페터 씨는 관리실의 문이 열리는 그 순간 놀라운 기지를 발휘하여 자신의 책상 아래로 미끄러지듯 몸을 숨겼다. 사람들은 가구건 전자제품이건 상관없이 닥치는 대로 망가뜨렸다.

‘제기랄. 일찍 퇴근하기는 글렀군.’

페터 씨가 자세를 고쳐 앉으며 생각했다.

“저기 사장이 도망친다! 돼지축사로 가고 있어! 모두 잡아!”

도무지 관리실을 떠날 것 같지 않았던 사람들은 한 여자의 외침에 우르르 관리실을 빠져나갔다. 그러자 두 팔로 무릎을 감싸 안으려던 페터 씨는 그 틈을 놓치지 않고 회사를 탈출하는 것에 성공했다.

며칠이 지났지만 페터 씨는 여전히 회사에 출근하지 않은 채 소파에 누워 온종일 텔레비전만 쳐다보고 있다. 도대체 그 사람들은 무엇이 문제이기에 페터 씨의 회사에 침입했을까. 무엇이 안 그래도 동물들을 위해 감정을 분출하던 그들에게 부채질을 한 것일까. 마침 지금 페터 씨의 텔레비전에 이와 관련된 뉴스 속보가 방송되고 있다.

“……최근 대형 정육업체인 W사에서 사육되고 있는 돼지 몇 마리가 언어를 구사했다는 소식입니다. 업체에서는 이를 부인하고 있는 상황인데 과연 월던 동물들이 어떻게 의사를 표현하게 된 것일까요? 월던 동물을 연구 중이신 동물 행동 분석가 게브 트루너 씨를 모셨습니다. 트루너 씨, 안녕하세요? 트루너 씨는 지금껏 월던 동물들에게도 감정이 있다고 주장해 오셨는데요, 최근 일어난 ‘정육점 소동’에 대해 어떻게 생각하십니까?”

게브 트루너. 이 사람이 바로 논란의 불씨를 키운 바로 그 연구가이다. 앵커의 말이 끝나고 앵커의 오른쪽에 앉아있던 게브 트루너가 클로즈업 되자 그가 입을 열었다.

“저는 제가 얼마 전 낸 논문의 내용과 같이 월던 동물들에게도 의사를 표현할 능력과 지능이 충분히 있으며 이를 정육업체에서 묵인하고 감춰 왔다고 봅니다. 사육 중인 소와 돼지, 닭 등의 가축들을 제 연구실로 데려와 연구하고 실험을 한 결과 저는 이 사실을 거의 확신하고 있습니다. 제 실험의 내용이나 연구 결과가 궁금하신 분들은 제 논문을 읽어 보시기 바랍니다."

"그렇군요. 그렇다면……"

그렇다. 지금까지 사람들은 매드 월던에게 속은 줄도 모른 채 아무렇지도 않게 동물들을 죽여 왔던 것이다. 사실은 이렇다. 월던 미트의 창업자 매드 월던은 야심 많은 사업가였다. 그리고 세상을 바꿀 무언가를 발견해 내고 싶어 했던 유전학자이기도 했다.

월던이 태어나고 자란 시기는 동물 살육에 대한 논란이 가장 활발했던 때였다. 따라서 당시 소세지 공장 주인의 맏아들이었던 월던은 기울어 가는 자신의 집안을 다시 일으켜 세우려는 욕망이 강했다. 그러던 중 월던은 오랜 연구 끝에 획득한 형질이 유전될 수 있도록 하는 기술을 개발하는 데 성공했다. 그 과정은 이제껏 밝혀진 적이 없다. 물론 그 기술이 있다는 사실조차 아는 이가 있을까싶다만. 모르는 사람들을 위해 간단히 설명하자면 월던이 개발한 그 기술은 어떤 개체가 유전적으로 변화가 생겼을 시에 그 개체의 유전자를 물려받은, 그러니까 자손들까지도 그 변화를 고스란히 물려받게 하는 기술이다. 이 기술을 개발하는 과정은 조금 까다로운데 특별한 작용을 하는 식물과 프리온의 구조, 유전자 발현의 전체적인 패턴에 변화……뭐, 이건 그다지 중요하지 않으니 다시 본론으로 돌아가자면, 이 기술이 왜 중요하냐. 그것은 바로 이 기술이 월던에게 엄청난 부를 안겨 주었기 때문이다. 월던은 여러 가축들의 성대와 혀의 구조를 바꾼 다음 이 기술을 이용하여 '가축용' 짐승들을 만들어 냈다. 그러니까 이 월던 동물들은 지능이 낮거나 고통을 못 느끼는 것이 아니라 단순히 말을 못하는 것일 뿐이었던 것이다. 그러니 이 사실이 세상에 알려지자 사람들이 얼마나 큰 충격을 받았겠는가! 자, 이제 이 세상도 진실을 마주하게 되었으니 어떤 반응을 보일지 함께 두고 보도록 하자.

온 세상이 떠들썩하다. 각국 정부들은 동물 살육 금지법에 대하여 열띤 토론을 진행 중이고, 시민들은 월던미트와 정육업체들에 해명을 요구하는 목소리를 높이고 있다. 아니, 비난을 퍼붓고 있다는 쪽이 더 맞을 듯하다. 그렇다면 이 문제를 어떻게 해결하는 것이 좋을까. 모두 채식을 하자? 정육과 관련된 일들을 모두 금지시키고 살육을 하지 말자? 어느 쪽이든 살육을 금지해서, 또는 최소화해서 이 지구에서 인간과 동물이 평등하게 공존하는 삶을 만들 것이다. 하지만 과연 그럴까? 이 사건으로 인해서 월던 동물이 생명으로서의 존중을 받게 되었을까?

전혀. 월던 동물들의 삶은 이전과 달라진 것이 없었으며, 오래된 논쟁도 점점 사그라져 모두들 빠르게 원래의 삶으로 돌아갔다. 마치 아무 일도 일어나지 않았던 것처럼.

'정육점 소동' 발생 후

온 세상이 떠들썩하다. 정부들은 동물 살육 금지법에 대하여 열띤 토론을 진행 중이고, 시민들은 월던미트와 정육업체들에 해명을 요구하는 목소리를 높이고 있다. 아니, 비난을 퍼붓고 있다는 쪽이 더 맞을 듯하다.

며칠 뒤, 한동안 회사 운영도 멈춘 채 숨죽이고 있던 월던미트가(물론, 월던미트의 사장 베드너 터머가) 텔레비전에, 인터넷에, 신문에,

소식을 전해 주는 모든 곳에 얼굴을 드러냈다. 드디어 당하고만 있던 월던미트가 해명을 시작한 것이다. 다시 페터 씨의 텔레비전으로 돌아가 보자.

페터 씨는 여전히 시선을 텔레비전에 고정한 채 집안에만 틀어박혀 있다. 한 손으로는 시리얼이 담긴 그릇을 받치고 다른 한 손으로는 채널을 돌리던 페터 씨는 화면을 차지하고 있는 자신의 사장님을 발견하자 곧 리모컨을 잡은 손을 내렸다.

"……점에 대해 우선 사죄드립니다. 하지만 요즘 떠돌아다니는 이야기들은 사실과 전혀 무근합니다. 19세기에 획득 형질 유전이라니 그 당시의 기술로는 불가능한 일이었습니다. 저희 측에서는 가축용 돼지들을 공장으로 이동시키는 과정에서 평범한 돼지들이 섞여 들어가 이러한 오해가 발생하게 된 것으로 보고 있습니다. 보다 자세한 사항은 현재 조사 중이며, 신속한 조치를 취하도록 할 것입니다. 저희 월던미트에서는 앞으로 이런 불미스러운 일이 발생하지 않도록 더욱 관리를 철저히 할 것이며, 이번 사건에서 가축들의 이동과 관리를 책임지던 관리자들과 책임자들에게 책임을 묻고 적절한 처벌을……."

아무렴. 때가 어느 땐데 그런 시답잖은 속임수가 먹히겠어. 다시 회사에 출근할 수 있게 되었다는 생각에 기분이 좋아진 페터 씨가 소파에 기대며 생각했다.

저 해명 후에도 월던미트는 커져 버린 사태를 수습하기 위해 온갖 노력을 기울였다. 인터넷과 텔레비전의 프로그램들은 온통 그 과학자를 비난하는 목소리들로 가득했고, 사람들 또한 처음에는 그들을 믿지 않았지만 시간이 흐르자 점점 과학자 게브 트루너는 사기꾼이 되어 갔다. 그렇다면 동물 보호 단체와 시위대는? 해명 후에도 시위는 한동안 계속됐지만 이 또한 점차 사라졌다. 그렇게 윌던미트는 여론을 조성하고, 책임을 회피하고, 모두를 속여 원래의 자리로 돌아가는 것에 성공했다. 이 나라의 정부라고 그들과 다를까? 진실이 밝혀짐으로써 다가올 혼란을 막는 것이 그들의 의무이거늘.

온 세계를 떠들썩하게 했던 논란이 어떻게 이리도 빠르게 없어졌을까. 원래 더 편한 쪽을, 더 많은 사람들이 이야기 하는 쪽을 따르는 것이 인간이다. 만약 매드 윌던이 사기꾼이었다는 것이 사실로 드러났다면 이 세상은 어떻게 바뀌어 있을까? 혼란이 세상을 휩쓸고 세계가 새로운 일거리들로 눈코 뜰 새 없이 바빠져 더 큰 혼란이 몰려 왔을 것이다. 만약 그것이 진실이라고 해도 모두 초식이라도 해야 하나? 그럴 수는 없지 않은가. 설령 진실은 다르다 해도 때론 진실이 묵인돼야 더 편한 세상이 될 때도 있다. 바로 지금처럼.

페터 씨는 오늘도 어김없이 똑같은 관리실, 똑같은 책상에 앉아 타자를 두들기고 있다.

'평화로운 날이야.'

페터 씨가 콧노래를 흥얼거리며 생각했다.

에필로그

"아무래도 좀 찝찝하단 말이야……."

두 남자가 윌던미트의 화단에 걸터앉아 인스턴트 커피를 홀짝거리며 대화를 나누고 있다.

"뭐가 말인가?"

남색 모자를 쓰고 있는 남자가 옆에 있는 남자에게 물었다.

"우리 회사 말이네. 한동안 말이 많더니만 한순간에 없어진 것도 그렇고. 영 찝찝해……."

"사장님이 아니라는데 믿어야지 어떡하나."

"그래, 진실은 사장님만 알겠지. 그래서 더 미심쩍네."

두 남자는 입을 다물었다. 그러다 모자를 쓴 남자가 먼저 말을 꺼냈다.

"그럼 자네는 무엇이 사실이라고 생각하나? 난 아무래도 그 옛날에 그런 기술이라니, 차라리 사장님의 말씀이 더 신뢰가 가네만."

남자가 말이 없자 모자를 쓴 남자가 말을 이었다.

"아무렴 어떤가. 우리야 열심히 일이나 하고 돈이나 벌면 되는 거지."

그러자 옆에 있던 남자도 고개를 끄덕이며 입을 열었다.

"자네 말이 맞네. 우리도 슬슬 일어나야지."

이 말을 끝으로 두 남자는 건물로 돌아갔다.

잠의 달콤함

한태환

내가 아무리 많이 자도
잠은 나에게 계속 자라고
속삭인다

난 잠에게 가라고 말하고 싶었지만
그럴 수 없다 어느 누구도 잠을 가라고 할 수 없다
잠은 너무나도 달콤하니까

시계

한태환

똑각 똑각 똑각 똑각
시계가 돌아간다
우리가 시계를 멈추고
싶을 때도 시계는
돌아간다
배터리가 없으면
멈추지만
시계가 돌아가지 않아도 시간은 간다

헐크 엄마

한태환

시험지를 보여 드렸더니
엄마는 헐크로 변한다

반찬을 골고루 먹지 않는 나를 보고
엄마는 또다시 헐크로 변한다

아침에 꿈나라에서 헤메고 있는 나에게
엄마는 학교가라고 또다시 헐크로 변한다

한울중학교

김수진 _ 널 표현하기
4년 만의 『소나기』
김영서 _ 아프지 않았으면 좋겠다
김영현 _ 짝사랑
모기
강요
『소나기』 이어쓰기
김정은 _ 어른들은 몰라요
가장 날카로운 흉기
뫼비우스의 띠
피구 시합
바늘
류현지 _ 잔소리
안예은 _ 간질이다
세월의 끝
메리 크리스마스Merry Christmas
장현서 _ 시간
그림자
정영선 _ 학원
오빠
조우리 _ 다시 들어가야 하나?
집에 가고 싶다
『소나기』 그 뒷이야기
최혜민_ 커튼
시계
고요함 속의 시계 소리
황휘정 _ 사랑

널 표현하기

김수진

정말 사랑해
많이 사랑해
진짜 사랑해
엄청 사랑해
완전 사랑해
매우 사랑해

이 이상으로
내 마음을 더 표현할 수 있을까

그런데 이마저도 내 마음을 다 표현할 수 있을까

널 사랑하는 표현을 못내 드리울
벅찬 너에게

4년 만의 『소나기』

김수진

아침 조례 시간이다. 담임 선생님은 늘 그러시듯 당찬 발걸음으로 출석부를 들고 근엄한 표정을 한 채 들어오셨다. 그런데 들어오시다가 멈칫하시더니 문밖에 누가 있는지 들어오라고 손짓을 하셨다. 그러더니 쑥스러운 표정으로 조심스럽게 들어오는 여자애 하나가 있었다. 고개를 숙이고 들어와서 얼굴은 잘 안 보였다. 그러니까 더 궁금해졌다. 그때, 교탁 앞에서 자기 소개를 해보라며 부추기는 선생님과 아이들 덕분에 궁금하던 얼굴을 보게 되었다. 하얀 피부와 큰 눈을 가진 예쁘다 싶은 반반한 애였다. 조곤조곤 말하니 반 아이들이 더 숨죽여 들었다. 나도 숨죽여 집중했다. "안녕! 난 서울에 살다 이사 온 송연희야. 잘 지내자!"

'연희, 연희?' 이젠 잊혀 질 줄 알았다고 착각했던 그 이름, 연희. 갑자기 불현 듯 4년 전이 회상되었다.

4년 전, 초등학교 6학년 때 처음으로 알듯 말듯 한 풋사랑의 감정을 느꼈다. 그때도 이렇게 전학 온 하얀 피부와 큰 눈을 가진 연희라는 애가 있었다. 사실 난 여자애 따위 관심 갖지 않았지만, 농촌 생활만 할 것 같은 이 시골 마을에 촌티 나지 않던 고운 얼굴인 연희를 보니 저절로 시선이 갔다. 어느 날은 개울에서 찰방찰방 물장난을 치고, 고운 피부를 가진 연희를 꼭 닮은 비단조개도 발견하고, 소를 이끌고 놀러가기도 했다. 그렇지만 이런 즐거웠던 추억은 소나기처럼 빠르고 굵게 잦아들게 되었다.

소나기가 심하게 내릴 줄 몰랐던 날, 아침부터 연희에게 저 산 경치가 아름답다며 가자고 했다. 본심은 연희의 손을 잡고 같이 놀고 싶어서였다. 그렇게 힘겹게 산을 오르고 체력이 거의 바닥일 때쯤 지쳐서 잠시 언덕에 앉아 쉬어가자 했다. 그리고 해가 질듯 말듯 한 연분홍빛 하늘을 보다 소나기가 투둑 떨어지더니 거세졌다. 우산도, 우비도 없이 무방비로 올라온 우리 둘은 어찌 할 줄 몰라 급하게 옆에 있던 볏이 쌓여진 움집 틈으로 웅크렸다. 하지만 세찬 비를 다 피할 순 없어, 다음날 연희는 원래 앓던 병에 독감까지 걸려 버렸다. 내가 하필 그 날, 그 산을 같이 오르자 했는지 내 스스로 자책하고 미워했지만 연희의 병은 아는지 모르는지 더 악화되었다. 그 이후로 연희가 학교를 못 온 지 일주일째 되던 날, 학교에서도 내 마음에서도, 연희는 더 이상 볼 수가 없게 되었다.

아―. 그런 회상에 잠겨있다 다시 되돌아오니, 전학생이 마냥 반갑지는 않았다. 오히려 미안한 감정이 들었다. 4년 전의 연희가 아니었지만, 4년 전의 연희가 세상을 떠나게 한 장본인이 나인 것 같고 그 연희와 비슷한 아이가 있으니 마음이 뭔가 혼란스러웠다. 그런데 선생님이 앉을 자리가 어디 있나 유심히 보시더니 하필 내 옆에 앉혔다. 아직 내 맘도 혼란스러운 상태인데 짝꿍까지 되니 이게 무슨 상황인가 싶었다. 그때, 연희가 말을 걸었다.

"안녕, 넌 이름이 뭐야?" 갑자기 물어온 질문이라 살짝 주춤거렸다.

"어…… 난 강 연우야." 그러자, 싱긋 웃더니 잘 지내 보자고 했다. 특유의 입 꼬리 올리며 미소 띠우는 모습마저 그 앨 떠올리게 한다. 그렇게 연희와의 첫 번째 만남이 정신없이 지나가 버렸다.

다음날 아침, 등굣길에 연희를 보았다. 정확히는 맞은편에서. 어제 교실에선 인사를 했지만, 막상 오늘 보니 인사하기가 낯설어서, 외치려던 인사말은 목구멍까지 다다르다 멈췄다. 그리고 신호등 불이 바뀌길 기다리고 있는데, 저 맞은편에 서 있던 연희가 없어 먼저 갔나 보다 하고 안심하는 순간, 옆에서 목소리가 들렸다.

"안녕 연우야!"

연희였다. 아까 인사할까 말까 망설였던 순간에 벌써 길 건너 온 것이었다. 아침부터 밝게 인사해 주는 연희가 무색할까 나도 얼른 인사를 해주었다.

"아, 안녕"

"응, 근데 오늘 소나기 온다나 봐. 우산 챙겼어?"

"하늘이 우중충하긴 하네……."

아차, 엄마가 우산 챙기라고 했는데 까먹었었다. 당황한 티가 났었는지 연희가 말했다.

"혹시 우산 안 챙겼으면 내가 빌려 줄게. 우산 하나 더 있어."

꼭 이런 날은 운이 지지리도 없댔는데 어제 막 전학 온 애한테 우산을 빌리게 생겼다. 아직 친하지도 않고 인사만 몇 마디 나눈 사이인데 빌리긴 뭐해서 그냥 있다고 둘러댔다. 그러는 사이, 신호등이 바뀌고 학교까지 연희랑 같이 걸어오게 되었다. 물론, 나만 어색한 건지 몰라도 말은 몇 마디밖에 못 나누고 말이다.

딩동댕동. 잠이 덜 깨서 그런지 하품을 참느라 우역곡절이던 1, 2, 3교시를 지나 드디어, 점심 시간이 되었다. 점심시간 종이 울리기만을 기다리던 애들은 모두 종치기 1분 전부터 발 한쪽을 내밀더니 카운트를 세다가 0이 되는 순간 달려갔다. 그런데 조용히 걸어가던 연희가 먼저 달려가던 애들 때문에 팔을 부딪어 넘어졌다. 바로 뒤에서 걷다가 넘어진 연희를 보니 놀라서 얼른 일으켜 세워 주었다.

'하여간 애들도 참.'

그런데 오늘 식단을 보니 스파게티, 피자, 양송이 스프, 사과 주스까지. 완전 양식이었다. 수(요일은)다(먹는)날 이었던 것이다. 이래서 오늘따라 애들이 더 전력 질주했던 것 같다. 뭐, 나도 수/다/날이라면 가리지 않고 좋아하는 평범한 애들이였기에 맛있게 먹었다. 그리곤 식판 치우러 나가 보니 마침 먼저 식판을 치우던 연희를 보았다. 그런데 반찬을 많이 남겨 버리고 있었다. 스파게티는 한두 가닥만 먹은 듯하고, 양송이 스프는 손도 안 댔는지 말라 있는 상태로 말이다.

'오늘 식단 맛있었던데…… 애들도 잘 먹고.'

이상했다. 하지만 이상한 점은 여기서 끝이 아니었다. 보려고 본 것은 아니지만, 물 마시러 식수대로 갔는데 주섬주섬 약봉지를 꺼내 힘겹게 먹는 연희를 또 보았다.

'어디 아픈가…….' 걱정은 되었지만 아직 친하지도 않고 선뜻 물어보기도 용기가 안 나서 그냥 내 갈 길을 갔다.

딩동댕동. 5교시 시작 종이 울리고 빨리 교실로 올라갔다. 자리에 앉자마자 과학 선생님이 들어오시고 수업이 시작되었다. 근데 밥도 배불리 먹고 복잡한 과학 이론을 들으니 선생님껜 죄송하지만 눈꺼풀이 자꾸 내려왔다. 그래서 잠 좀 깨려 창문 쪽을 바라보는데 연희도 창문 쪽을 바라보고 있었다. 무슨 생각을 하는지 고요히 멍 때리듯 창문 밖을 보고 있었다. 그런 연희를 바라보던 나는 또 4년 전 연희가 떠올랐다. 옆에서 이렇게 가까이 다시 보니 아무리 생각해도 닮았다. 잔 머리카락이 바람결에 휘날리어 수줍게 귀로 쓸어내리는 모습까지도 4년 전을 떠올리게 하였다. 아무튼 길고도 짧던 5교시가 지나고 6교시, 7교시, 8교시까지 다 마쳤다. 종례가 끝나자마자 소나기 내리기 전에 얼른 집에 가려 후문 현관으로 달려갔다. 무엇보다도 아침에 우산 빌려 주려던 연희에게, 어색해서 빌리기 뭐했다는 이유로 우산 있다고 거짓말 쳤던 것을 들키지 않으려 뛰었다.

그런데 이런 급박한 내 맘을 몰라주는 듯 신발을 갈아 신는 도중에 투둑 하고 금세 세찬 소나기가 내렸다. 어쩌지도 못하고 마저 신지 못한 신발 한쪽만 덩그러니 남아 있었다. 그때, 연희가 옆에 와 말했다.

"뭐야, 너 우산 없잖아?"

우산 있다고 거짓말했던 게 들통이 나 버렸다. 그리고선 연희가 이어 말했다.

"남은 우산 한 개는 반 친구한테 빌려 줬단 말이야."

남은 우산 한 개마저 못 빌리는 상황이었다.

'괜히 어색하다는 핑계로 우산 하나 못 빌리다니, 정말 나 바보 같다.'

한숨 쉬는 내 모습을 보더니 연희가 말했다.

"괜찮으면 내 우산 같이 쓰고 갈래? 난 괜찮아."

연희는 자기가 말해놓고도 부끄러웠는지 당차고 맑은 목소리가 약간 버벅거렸다. 이 기회를 놓친다면 언제 그칠지 모르는 소나기를 다 맞고 가야 하니 난 부끄러워 할 여유가 없이 바로 대답했다.

"응, 고마워. 그런데 혹시 어디 아파?"

마침 우산도 같이 쓰고 가까워지니 말도 자연스럽게 트였다.

"응, 몸살 끼가 좀 있어. 나중에 병원 가 봐야지. 근데 아픈 건 어떻게 알았어?"

"아, 보려고 한 건 아닌데, 점심 시간에 밥도 많이 남기고 약도 먹길래……."

연희는 이제 이해가 되었다는 듯이 미소를 지었다. 말이 편해진 나도 덧붙여 말했다.

"근데 그 정도면 얼른 병원 가 봐야 하는 거 아냐? 더 악화되면 어쩌려고."

걱정이 된 나머지 4년 전 연희가 몹쓸병 앓다 악화되고 결국 서늘하니 떠났던 게 생각이 났다. 물론, 옛날 오늘 다르지만 괜히 또 나 때문에 영향이 커질까 병원 꼭 가 보라고 부추겼다. 그런데 너무 심각하게 말한 투였는지 연희가 또 웃더니 말하였다.

"아, 꼭 갈게. 고마워."

그렇게 연희는 집 주변에 다다랐는지 내게 물어보았다.

"난 이제 집 거의 다 왔는데, 넌 집 어디야?"

"아, 난 저기 신호등만 건너면 돼."

그러자 연희가 잡고 있던 우산을 내 쪽으로 건네주며 말했다.

"신호등까지 비 맞으면서 뛰어가려고? 내 우산 빌려 가."

얼른 빌려 가라며 부추기는 단호한 말투에 당황하였지만 고맙다하며 빌리게 되었다. 그리고선 "잘 가고, 내일 보자!"라며 밝게 인사하더니 갔다. '나도 인사할 걸' 밝게 인사하고 가던 연희의 목소리는 터벅터벅 걷는 내 발걸음을 멈추게 하다 맴돌며 여운이 오래 남았다.

올해의 소나기는 쉽게 그치지 않을 것 같다. 뉴스 날씨에서도 약 한 달 동안 긴 장마철이 지속될 거라고 말했다. 그런데 좋다. 오늘 연희와 같이 쓴 우산 손잡이의 여운과, 연희와 함께 기억되고 싶은 추억들이 소나기에 같이 적셔 들어가도 좋을 것만 같았다. 처음에는 4년 전 연희와 닮은 점이 많아 정신없고 다가가기 조심스러운 감정이 컸지만, 지금의 연희와는 확연히 다르다는 걸 느꼈다. 앞으로도 계속, 연희와 이어나갈 좋은 추억들이 세찬 소나기에도 갖아들어 그치지 말고, 자연히 적셔 들어가길. 그리고 짧고도 강한 소나기처럼 빨리 더 친해졌으면.

아프지 않았으면 좋겠다

김영서

피곤하다면서 이번에는 꼭 가야 한다며
갔다 오면 머리 아프다고 이틀 동안 누워 있고
맵다고 하면서 남은 음식 아깝다며 먹으면
배 아프다고 일도 못 가고
나한테는 병원 갔다 오라면서 자기는 안 가도 된다며
결국은 더 아프게 되면 그제서야 갔다 오시는
우리 엄마.
아프지 않았으면 좋겠다.

짝사랑

김영현

당신이 처음으로 내 눈 속에 들어와 앉았을 때
내 가슴 속에는 아지랑이가 일며 꽃이 폈습니다.

당신이 내게 처음으로 이야기를 했을 때
그 시간이 너무 소중해서 마음속에 꼭꼭 숨겨 두었습니다.

당신의 말 한 마디 한 마디를 조심히 접어
항상 설레이며 한 마디 한 마디를 당신을 생각하며 펼쳐 읽었습니다.

혼자만 시름시름 지쳐가 마음이 메마를 즈음,
당신을 생각했던 마음을 모아 잔잔한 물결에 울며 띄워 보냈습니다.

모기

김영현

가까이 오지 좀 마
너 때문에 잠이 안 오잖아

친한 척 달라붙지 마
사실 우리 처음 봤잖아

강요

김영현

전부 좋다고 해도
모두 같으면 조금 진부하잖아요.

동화 속 공주들 이야기의
행복한 결말 뒤 이야기는 아무도 모르잖아요.

그러니까

그냥 하고 싶은 대로 할게요
남들과 같은 이야기는 질리고 새로운 건 두렵다면

그냥 맞추지 않을게요
가끔은 그래도 되잖아요?

『소나기』 이어쓰기

김영현

징검다리에서 소녀를 매일 기다리던 소년이 소녀를 처음 만났을 때와 비슷한 감정이,

뜨거운 무언가가 가슴에서 올라오는, 주체할 수 없는 감정이 몰려온다는 걸 느끼기도 전에, 소년은 한 아이를 보고 왈칵 울음을 터트릴 수밖에 없었다.

그 아이는 자신을 보며 갸우뚱거리며 조금씩 앞으로 다가왔지만 소년은 차마 더 가까워지지 못하며 뒤로 뛰어 도망갔다

사실 소년도, 자신이 갑자기 왜 도망갔는지는 몰랐다. 단지 그 아이가 너무 예뻐서 소녀를 잠시 잊은 채로 멍하니 그 아이를 쳐다봤다는 것 자체가 자신이 왜 이렇게까지 됐는지 가슴이 미어질 것 같아 무작정 뛰어간 것이었다.

그 아이는 봄날의 벚꽃 같았다.

어둡던 세상을 잠시나마 아름답게 물들여 주는 따뜻한 꽃, 하지만 소년은 그 기분이 너무 무서웠다.

또다시 사랑하는 누군가를 잃어버릴 거라는 걱정과 다시 반복될 것만 같은 아직도 익숙하지 않은 소녀의 죽음이 소년에게는 너무나 큰 벽으로 다가왔다.

그 다음 날에도 다다음 날에도, 일주일이 지났어도 소년은 하염없이 생각나는 그 아이가 너무 좋았지만 두려웠다.

매일 볼 수 있지는 못했지만 동네에서 자주 볼 수 있었던 그 아이가 자신과 눈을 마주칠 때마다 지어 주던 눈웃음과 다정한 행동에 두려움이 조금씩 무너지기 전까지는 말이다.

어느 때와 같이 수업이 끝나고 집으로 돌아가던 소년은 다시 그 아이를 만날 수 있었다.

평소와 다름없던 따스한 눈웃음도 볼 수 있었다.

소년은 소녀에게 처음으로 미소를 보였고, 그 아이에게 조금씩 먼저 다가갔다.

그 아이는 놀란 토끼눈으로 소년을 바라보다 이내 다시 싱긋 웃으며 다가오는 소년에게 조심히 말을 걸었다.

"얘!"

소년은 조금 떨리는 목소리로 고개를 숙이며 대답하였다.

"응?"

둘 사이에 몇 초간 흐르는 정적에 소년은 한 마디를 덧붙였다.

"미안해."

소녀는 꺄르륵 웃기 시작했고 순식간에 둘은 너무나도 자연스럽게 함께 웃고 있었다.

마치 활짝 피어있는 하얀 민들레 두송이가 무슨 일이 있었냐는 듯 바람에 흩날리듯 말이다.

어른들은 몰라요

김정은

나는 왜, 부담 갖지 말고 편하게 하라는 말이
가장 부담될까?
어른들은 알까?
이래서 어른들은 아무것도 모른다.

내가 행복한 상태로 멈추어 다오
니가 멈추어 주지 않는다면
나의 희망조차도 늙어 버린단다.
나에게 조금의 여유를 주지 않으련?

가장 날카로운 흉기

김정은

내 입안에는 아주 날카로운 흉기가 있다.
상처를 내도 보이지도 않는다.
보이지 않으니 치료되지도 않는다.
누가 이 흉기 좀 녹슬게 해줄래?

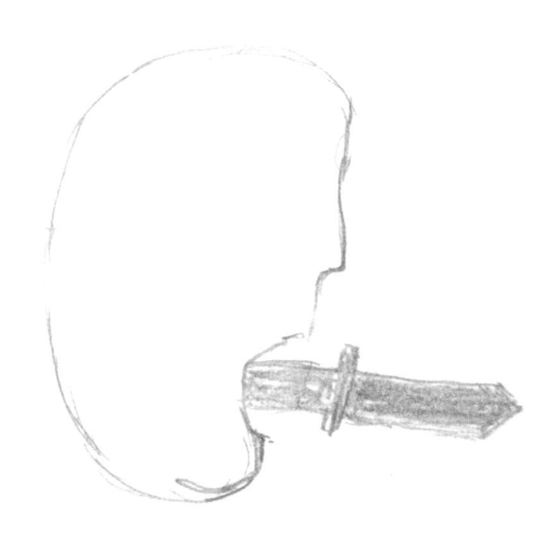

뫼비우스의 띠

김정은

돌아도 돌아도 끝이 없다.

어디가 끝이지?

고등학생이 되면?

대학생이 되면?

어른이 되어서야 이 띠가 끝날까?

피구 시합

김정은

우리 반 아이들이 피구 시합에 나갔다.
아자! 아자! 우리 반 이겨라.
아이들이 쏙쏙 공을 피한다.
만약 듣고 싶지 않은 말을 그렇게 피하면 좋을 텐데

바늘

김정은

나를 바늘이 찔러요
내가 뱉은 바늘이
나에게 다시 왔어요.
내가 만약 꽃을 뱉었으면
꽃이 돌아왔을까요?

잔소리

류현지

하루에 적어도 한 번씩은
듣게 되는 말
듣기 싫다고 투덜거려도
엄마는 멈추지 않는다.

알았다고 짜증내며
방으로 들어가 버린다.
들려오는 엄마의 한숨 소리
울컥한다.

간질이다

안예은

봄의 따뜻한 꽃향기가 나의 코끝을 간지럽힌다. 여름의 뜨거운 공기가 나의 살갗을 간지럽힌다. 가을의 시원한 바람이 내 머리카락에 닿으며 나의 얼굴을 간지럽힌다. 겨울의 차가운 눈송이가 내 손바닥에 닿으며 나의 손을 간지럽힌다. 사계절의 모든 것들이 나의 감각을 일깨운다.

세월과 끝

안예은

영원할 것 같은 모든 것은
세월에 따라 낡는다.

세월을 거친 것은
모두 세월이 묻는다.

그리고 세월이 묻은 모든 것은
언젠가 사라진다.

메리 크리스마스 Merry Christmas

안예은

'내가 죽지 않는 이유는 단 하나, 죽기 전에 눈 내리는 크리스마스 풍경을 보고 싶기 때문이다.'라고 말하는 한 사람이 있다. 그는 삼 년간 총 세 번의 크리스마스를 맞았지만 눈은 한 번도 내리지 않았다. 이제 그는 스물여덟 살이다. 그는 다시 크리스마스를 기다린다. 그의 운명을 결정 지을 크리스마스까지 남아 있는 시간은 보름!

D - 15새벽 여섯 시. 아직 이른 때지만 사람들은 바쁘게 움직인다. 일찍 일어나는 습관이 몸에 밴 나는 오늘도 알람 없이 여섯 시에 딱 맞춰 잘도 일어났다. 머리맡에 둔 알람시계는 그냥 장식용일 뿐이다. 옆집에서 시끄러운 소리가 들려왔다. 항상 출근 시간마다 큰 소리를 내어 이웃집 사람들을 모조리 깨우곤 한다. 그것이 일상인 모양이다. 나는 그 소리를 모른 척했다. 항상 듣다 보니 익숙해져서 그런가. 아직도 가끔씩 시끄럽다며 소리치는 사람이 있긴 하다. 그 소리에 깨는 사람들도 많은 모양이다. 나는 주전자에 물을 담아 끓였다. 뜨거운 김이 올라왔다. 나는 불을 끄고 머그컵에 뜨거운 물을 부은 뒤 녹차 티백을 넣었다. 서서히 물에 초록빛이 우러나기 시작했다. 내가 컵에서 티백을 빼고 뜨거운 녹차를 한 입 홀짝였을 때, 옆집에서 급하게 문을 열며 '다녀올게'라며 인사를 하는 소리가 속삭이듯 들려왔다. 나는 녹차를 한 입에 다 마셔 버렸다. 너무 뜨거워 입 속이 죄다 데어 버린 것 같았다. 아니, 틀림없이 그랬을 것이다. 지금까지의 나를 보았으니 나의

아침 일상이 다른 이들과 별반 다를 것이 없음을 알았을 것이다. 하지만 그렇게 생각하면 오산이다. 일단 지금 나는 혼자 산다. 그 말은 나에게 '다녀올게!'라는 인사말을 건넬 만한 상대방이 없다는 것을 뜻한다. 내가 기억하지도 못할 만큼 어릴 때 어머니와 이혼한 아버지는 생사조차 모르고, 내가 고등학교를 졸업할 무렵 병으로 돌아가신 어머니는 고향 땅에 묻혀 계신다. 그리고 나는 형제 하나 없는 외동이다. 나는 철저히 바깥세상을 거부하며 살고 있다. 일 년의 거의 대부분을 집에 틀어박혀 지내고, 어쩌다 꼭 밖에 나가야 하는 일이 생기면 꼭 으슥한 밤에 나가곤 한다. 그러니 다른 사람들처럼 회사로 출근하거나, 연애를 하거나 하는 평범한 일상을 즐길 수 있을 리 없다. 그러나 나는 후회하지 않는다. 후회하지 않을 것이다. 왜냐하면…… 난 이제 곧 죽을 테니까.

D-14. 일어나자마자 알람시계 옆에 놓여 있는 달력의 어제 날짜에 가위표를 그었다. 그러고는 크리스마스까지 남은 날짜를 헤아렸다. 크리스마스로부터 남은 시간은 겨우 2주 남짓이다. 그리고 그 날의 날씨에 따라 내가 죽을지, 지긋지긋한 삶을 한 해 더 연장할지가 결정된다. 듣기로는 지난 30년간 크리스마스에 눈이 내린 적이 없다고 한다. 그래서 많은 사람들이 화이트 크리스마스를 간절히 바라곤 했다. 그리고 그 중에는 내 절친한 친구도 포함되어 있었다. 내가 철저한 고립을 선택한 근본적인 이유를 제공한 그 친구는 화이트 크리스마스에 고백 한 번 받아 보고 싶다며 신나게 호들갑을 떨곤 했다. 사실 그 친구를 회상하는 게 괴롭다……. 오늘은 일찍 자야겠다. 악몽을 꿀지도 모른다. D-13. 새벽 세 시에 소스라치게 놀라며 깨어났다. 매년 이맘때, 크리스마스가 가까워질 즈음에 항상 찾아오는 악몽이다. 무

서운 꿈도 잔인한 꿈도 아니다. 아니, 잔인하다. 붉은 피가 사방에 흩뿌려지는 것도, 죽어 가는 이가 헐떡이며 살려 달라 애원하는 것도 아니지만, 마치 내 마음을 칼로 난도질하는 것만 같은……. D-10. 지난 사흘 동안 내리 악몽을 꾸었다. 그 꿈을 그렇게 연달아 꾸는 것은 전에 없던 일이다. 이것이 불운을 상징하는 것일까? 그렇다면 나에게 불운은 무엇일까. 죽는 것일까, 아니면 사는 것일까? 의문이 생기기 시작했다. 내가 죽기를 원하는 것인지, 아니면 살고 싶어 하는지. 아주 옛날 교과서에서 봤던 '자살하고 싶어 하는 사람은 자살하고 싶어 하는 욕구만큼 살고 싶어 하는 욕구도 똑같이 강하다.'라는 말이 정말일까? 오랫동안 화이트 크리스마스만 바라보며 살아 왔다. 죽을 수 있기를 갈망하면서. 하지만 무엇을 위해 그랬던 걸까? 단지 나만을 위해? 죽으면 이 고통이 사라질 것이라고 생각해서? 돌이켜 보아도 모르겠다……. 그때 교수님 말씀이 옳았던 걸까? D-7. 전설적인 명문대인 M대학교의 모 교수. 시간이 날 때마다 이곳저곳에서 강연을 하고 다니는 그는 매우 유명한 교수이다. M대의 교수인 만큼 인지도도 엄청나다. 하지만 오늘은 시간이 남아도는데도, 계속해서 들어오는 강연 요청을 거절하고 집에서 쉬는 중이었다. 사실 지금 그의 머리는 매우 복잡했다. 그것은 그와 친분을 쌓았던 어느 한 제자 때문이었다.

약 3년 전. 교수는 피곤한 몸을 이끌고 빈 교실로 들어갔다. 그곳에서 누군가를 만나기로 약속되어 있었던 것이다.

"오랜만이네."

"교수가 인사를 건네자 얼굴에 수심이 가득한 그가 몸을 흠칫 떨었다. 교수는 의자에 앉고, 그에게도 의자 하나를 권했다."

"왜 왔는지 알 것 같군."

"…… 들으셨습니까?"

"그래, 들었네."

교수는 하아, 한숨을 내쉬었다. 그의 제자가 잠시 휴학했던 동안 또 다른 그의 제자가 죽었던 것이다. 더욱이 그 제자는 교수의 앞에 앉아 있는 그의 친구였다…….

"나를 찾아온 이유는 무엇인가? 자네의 슬픔을 토로할 상대가 필요했던 건가?"

"……."

"자네답지 않군."

약간 신경이 날카로워졌다. 피곤한 몸을 이끌고 오랜만에 제자를 만났는데, 무기력하고 온통 슬픔에 절어 있는 그는 아무 말도 하지 않고 있다. 모 교수는 그리 한가하지 않았다.

"답답하군. 할 말이 없으면 그만 가보겠네."

그가 아무 말도 하지 않자 교수는 천천히 문을 향해 걸어갔다. 그는 나가려는 교수를 붙잡지는 않았지만, 대신 교수에게 들리도록 말했다.

"죽고 싶습니다……."

교수는 그 목소리가 슬픔에 젖은, 아주 비통하고 지난날을 후회하는 것임을 알 수 있었다. 하지만 동시에 그것은 현실을 부정하고 도피하려는 목소리였다. 교수는 차갑게 말했다.

"내가 자네를 죽여 줄 수 없는 것이 유감이군."

그가 모 교수를 바라보았다.

"하지만 그것은 자네가 죽기를 원해서가 아니라, 자네가 너무나 무지하기 때문일세.”

모 교수는 어리벙벙한 표정으로 자신을 응시하고 있는 그를 돌아보며 다시 말했다.

“하지만 기억하게. 자네가 죽는다고 해서 기뻐할 사람은 아무도 없네. 심지어 자네 자신까지 말이야.”

교수는 그 말을 끝으로 더 이상 말하지 않고 교실을 나갔다.그것이 그가 본 교수의 마지막 모습이었고, 모 교수가 본 그의 마지막 모습이었다.

모 교수는 천천히 숨을 내쉬었다. 그때 자신이 위로해 줬더라면 괜찮았을까. 슬픔을 딛고 일어설 수 있었을까?그는 그 이후로 더 이상 보이지 않았다.

D-4. 하늘이 완전히 어두워진 으슥한 밤에 바깥으로 나갔다. 워낙 늦은 시간인지라 길을 오가는 사람은 거의 없었다. 드문드문 늦게까지 술을 마신 취객들이 비틀거리며 지나갈 뿐이었다. 나는 하늘을 올려다보았다. 별이 거의 없었다.

어릴 적 시골에 살 때는 하늘에 빼곡하게 수놓아진 별을 볼 수 있었다. 언젠가 친구를 따라 친구의 할머니 댁에 갔을 때는 은하수도 볼 수 있었다. 밤하늘은 봐도 봐도 질리지 않았다.친구 할머니 댁에서 할머니는 죽은 사람은 하늘에 가서 별이 된다는 이야기를 해주었다. 그때는 그 말을 곧이곧대로 믿었다. 하지만 지금은 안다. 죽은 사람은 차가운 땅에 그대로 묻힌다는 것을. 죽은 사람은 결국 세상으로부터 버림받는 것이다. 따스한 체온을 세상으로부터 빼앗기고 결국 차가운 육신만 남는 것. 그것이 바로 죽음이다. 죽은 사람의 곁에는 아무것도 없다. 세상으로부터, 이제는 필요 없다고 버려졌으니까……. 불현듯

내 머리를 스치고 지나가는 한 글귀.

'세상이 널 버렸다고 생각하지 마라. 세상은 널 가진 적이 없다.'

D-3. 잠을 설쳤다. 오랫동안 생각하느라 잠을 자지 못했다. 대체 왜 난 죽으려고 하는지, 내가 죽으면 기뻐하는 사람이 있을지, 내 죽음이 과연 의미 있는 것인지. 두 번째와 세 번째 질문에 대한 대답은 아무리 생각해도 '아니오'였다. 내가 죽으면 기뻐할 사람은 전혀 없었다. 나와 원수진 사람도, 사이가 좋지 않은 사람도 딱히 없으니까. 그리고 내 죽음이 의미 있을 리가 없다. 독립운동가 한 명 한 명의 죽음이 우리나라 독립에 힘이 되었지만, 난 그렇지도 않다. 그러면 대체 나는 왜 죽으려고 하는가? 친구의 죽음으로 너무 슬퍼서 홧김에? 그 친구를 따라가고 싶어서? 사실 나는 내가 정말 죽고 싶어 했는지조차 의심이 되었다. 왜 이제야 이런 의문이 들었는지도 모르겠다. 삼 년 동안 끈질기게 버텨 왔으면서. 창문으로 석양이 보일 때 즈음에야 그 이유를 깨달았다. 삼 년 동안 이런 의문은 그냥 감추어져 왔을 뿐이었다. 나는 살고 싶다.

D-2. 이틀 남았다.

D-1. 하루 남았다.

마침내, D-day 평소와 다름없는 시간에 일어났다. 더 이상 가위표를 그을 날짜는 없다. 나는 천천히 창문 쪽을 바라보았다. 눈은 내리지 않았다. 평소와 똑같은 아침이었다. 별반 다를 것도 없었다.

저녁 즈음에 다시 밖으로 나갔다. 다만 깜깜한 때가 아니라, 석양이 질 즈음에 말이다. 크리스마스라 그런지 바깥에는 사람이 넘칠 만큼 모여 있었다. 나는 북적거리는 곳을 피해 한갓진 곳으로 향했다. 그곳에서 다시 하늘을 올려다보니 조금 다르게 보였다. 길가에 심어진 가로수 때문에 드문드문 보이는 하늘에 유난히 밝은 별이 떠 있었다. 하늘이 아직 밝은데도 또렷이 보였다. 분명 크리스마스를 즐기는 별들 중 하나일 것이다……. 어쩌면 그 녀석일지도. 나는 죽지 않을 것이다. 눈이 내리지 않았으니 삶을 한 해 더 연장해야 할 것이다. 하지만 한 해가 아니라, 내가 살 수 있을 만큼 더 연장할 것이다. 그리고 그토록 바랐던 죽음을 맞이하여, 나의 친구 곁으로 갈 것이다. 그녀는 착한 사람이었다. 분명히 나를 이해해 줄 것이다. 나의 모든 잘못을 덮어 줄 것이다. 지금 저 하늘에서 내리는 눈처럼.

시간

장현서

소녀를 구부정 할머니로 만들고
우윳빛 피부를 검버섯 핀 피부로 만드는
앞으로 앞으로 나아가는 시간

아기를 어엿한 직장인으로 만들고
묘목을 커다란 나무로 만들고
자라고 자라서 바뀌는 것들

건강하고 자유롭던 이를 병실 안에 가두고
순수하고 착했던 이를 교도소에 가두는
무섭지만 묵묵히 흘러가는 시간

아이에게 미래라는 꿈을 주고
절망하는 이에게 가능성을 주고
언젠가라는 희망을 주는 시간

철은 녹슬고 사람은 변하지만
금처럼 변하지 않는 추억

태어난 이가 고인이 되고
건강하던 이가 환자가 되고
언제나 영원한 것은 없으리.

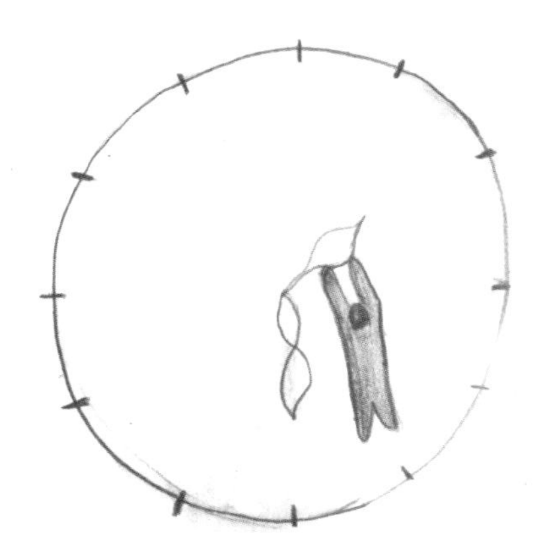

그림자

장현서

나무에 비친 햇빛
나무 아래를 보니
얼룩덜룩 빛과 어둠이 있네.
검정은 나무 그림자가 채우고
하양은 햇빛이 채우네.

내 손에 비친 햇빛
손아래를 보니
그림이 만들어지네.
몇 손가락 접으니 동물이 되고
다시 몇 손가락 펴니 다시 손이 되네.

친구 얼굴에 비친 햇빛
친구 얼굴을 보니
코 옆에 어두운 코가 생겼네.
머리카락 휘날리니
얼굴에 얼룩이 잔뜩 생겼네.

내 몸에 비친 햇빛

내 몸 아래를 보니
나보다 긴 아가씨가 있네.
분명히 나 때문에 생겼는데
왜 나보다 더 예뻐 보일까?

학원

정영선

공부하러 가는데 가기 싫다
시험 기간이라는 소리가 싫다
공부하는 친구도 너무 싫다

부모님은 공부만 하라고 하신다
마음가짐이 중요하지만 잡기가 힘들다
마음은 잡지만 공부는 잘 안 된다

학원에서 잡까지 가는 시간이 기대 된다
학원에서 쉬는 시간이 기대 된다

지금은 내게 휴식이 필요하다
지금은 내게 맑은 공기가 필요하다

오빠

정영선

우리 오빠는 자그마치 열일곱 살이다. 고등학생인 우리 오빠는 하라는 공부는 안 하고 오로지 그의 관심사는 컴퓨터다. 나는 열여섯 살인데 우리 학교 전교 일등에다 영재원에서도 알아주는 일등이어서 오빠는 늘 어디서나 나와 비교를 당한다.

"너는 동생보다도 못하니, 학원 숙제 좀 해라. 등수가 점점 바닥이다."

오빠는 컴퓨터에 빠져서 엄마 말은 듣지도 않는 등 시험 기간에도 밤새 컴퓨터만 잡고 있는 등 잔소리를 들을 만한 행동들만 골라서 하는 것 같다. 오빠는 부모님께 감동받을 만한 행위를 해도 돌아오는 건 칭찬이 아닌 욕과 잔소리였다.

2013년 8월26일 오후에 있었던 일이었다. 그날은 어머니의 생신이어서 오빠는 학교 자습 시간을 빼고 어머니의 선물을 사려고 대형 백화점에서 옷 한 벌과 화장품 세트, 손 편지를 드렸다. 어머니가 말씀하셨다.

"한창 성적에 매달려야 하는 네가 그 귀한 자습 시간을 빼먹고 대형 백화점? 미친 거 아냐? 이런 거창한 선물 필요 없으니까 성적이나 올리기나 해."

꾸중을 받은 오빠가 걱정이 된 나는 오빠 방으로 눈치껏 살며시 들어갔다. 내가 물었다.

"오빠 괜찮아? 엄마가 오빠가 잘해 주려는 거 모르셔서 그런 걸 거야. 근데 오빠는 그렇게 비싼 선물을 어디서 샀어?"

"사실은 내가 전국 프로그래머 경진 대회에서 대상을 타서 돈이 좀 생겨서 샀어."

"그러면 오빠 꿈이 프로그래머야?"

"상금 탄 걸로 좀 샀는데 엄마가 싫어하셔서 좀 그렇네……."

오빠가 뻘쭘한지 머리를 긁적였다.

그때 엄마가 내 이름을 부르며 나오라고 했다.

"성은아 얼른 나와서 케이크 먹자."

그렇게 엄마랑 나는 오빠 없는 생일파티를 하였고, 오빠는 엄마의 성화에 못 이겨서 공부를 하였다.

나는 왠지 오빠에게 잦은 꾸중을 하는 엄마가 이해가 좀 되는 것 같았다. 우리 가족은 이혼 가정이라서 엄마가 특히 맏이고 집안의 남자인 오빠를 더 집착하고 잘되기를 바라는 듯했다. 그렇지만 오빠는 집안에서 가장 외롭고 쓸쓸한 존재가 되는 듯한 느낌이었다.

나는 사실 오빠가 가장 미안한 존재인 듯하다. 자랑은 아니지만 내가 조금 멍청했더라면 오빠를 이렇게 꾸중만 받고 힘들게 하지는 않았을 텐데 말이다. 그래서인지 나는 오빠를 더 따르고 오빠 말은 최대한 들으려고 노력하는 것 같았다. 요즘 들어서 오빠의 스트레스 지수가 높아지더니 병원을 자주 다니는 동안에도 손에서 책을 놓을 수가 없었다. 솔직히 엄마가 성적을 높이 평가하셔서 기대 이하면 또 분노를 표출하신다.

다음 날, 오빠는 아침부터 급히 어딘가를 갔고 당연히 나는 병원에 급히 가는 줄 알았다. 나는 늘 그렇듯 아침 신문을 받았고 아침 신문을 보는 순간 기사 일면에 오빠의 얼굴이 나와 있었다. 전국 그랑프리 대회에서 대상 수상자라는 기사가 실려 있었다. 자세히 읽어 보니 그가 왜 죽었는지 궁금해 하는 내용이었다. 나는 그 순간 장난인 줄 알고 신문을 다시 한 번 들여다보았다. 그리고선 급히 오빠에게 전화를 하였다. 전화는 묵묵부답이었다.

나는 밖으로 뛰어나와서 경찰서로 갔다.

"최성찬 군이 죽었다는 게 사실인가요?"

"네. 맞습니다. 근데 관계자이신가요?"

"저희 친 오빠입니다."

"아아…… 10시쯤 조사 받으러 나오셔야겠네요. 부모님도 같이요."

"네, 알겠습니다."

나는 무거운 발걸음으로 집으로 돌아갔다. 무거운 마음으로 현관 비밀번호를 누르고 들어갔다. 엄마는 식탁에서 커피를 마시며 가계부를 보시며 아침을 맞이하고 있었다. 나는 이 상황을 말씀드려야 할지 말아야 할지 머릿속에서 고민을 하고 있었다. 결국 말은 안 하고 신문을 보여 드리기로 하였다. 엄마는 내가 신문을 느닷없이 보여 드리자 의아해하셨다. 엄마가 기사 일면에 오빠 사진을 보고서는 소스라치게 놀랐다. 그러고선 기사 내용을 읽어 보시고는 잡고 있었던 커피 잔을 쏟으셨다.

"이거 사실이니?"

정적이 흘렀다. 나는 말없이 고개만 끄덕거렸다.

"10시에 경찰서로 조사 받으셔야 한대요."

엄마는 한숨을 크게 쉬시고 알았다고 하셨다. 서둘러 옷을 갈아입으셨고 무덤덤하게 시계를 보셨고, 약 30분 정도가 남아 있었으며 혹시 몰라서인지 오빠 방을 들어가 보셨지만 역시 오빠는 없었다.

드디어 10시가 되었다. 아침인데도 하늘이 어두웠고 내 기분도 마찬가지였다. 경찰서로 가는 중인데 기자들이 어떻게 알았는지 벌써와 북적북적거렸다.

"최성찬 군 어머니시죠?"

"지금 심정이 어떠십니까?"

"말씀 한 마디 좀 해주십시오!"

"아들이 대회 나간 건 알고 계셨습니까?"

수많은 질문들이 오고갔지만 엄마는 한 말씀도 하지 않으셨다. 그리고 경찰서 문을 여시고 무덤덤하게 조사를 받으시고 진술서를 써내려 가셨다. 싸늘한 시체를 본 나는 울컥하였고 엄마는 그 자리에서 털썩 주저앉으셨다. 오빠의 주머니에서 나온 유서를 보시더니 평소에 흘리지 않을 것 같던 눈물을 펑펑 쏟아내셨다. 유서의 내용에는 나보다는 엄마를 걱정하고 죄송해하는 말이 쓰여 있었다. 유서의 내용은 다음과 같았다.

사랑하는 만큼 나를 미워하셨던 엄마께

어머니, 안녕하세요.

제가 없더라고 성은이 잘 챙겨 주시고 어머니 식사 꼭 챙겨 드세요. 사실 제 꿈이 프로게이머인데 엇그제 대상을 타서 상금 오천만 원이 제 책상 서랍에 있어요. 생활비에 보태 쓰세요.

유서의 말을 마무리지었다.

우리는 그렇게 오빠를 떠나보내고 엄마는 하염없이 눈물을 흘리셨다.

다시 들어가야 하나?

조우리

나무가 흔들린다.

바람이 불기 시작했다.

배드민턴 치러 나왔는데…….

집에 가고 싶다

조우리

학교에서, 학원에서
재미없는 수업을 받을 때
'집에 가고 싶다'

친구들과 복도를 지나다
우리 아파트가 보이면
'집에 가고 싶다'

기다리고 기다리던 종례시간
선생님이 오실 기미가 안 보이면
'격렬하게 집에 가고 싶다'

『소나기』 그 뒷이야기

조우리

나는 죽었다. 살아있을 때는 죽으면 어떻게 될지 궁금했다. 여러 이야기처럼 '한을 풀지 못하면 이승에서 떠돌아야 하는 걸까?' 하고. 그냥 이야기인 줄로만 알았지만 죽고 나니 사실이라는 것을 처음 알게 되었을 때는 놀랐다. 하지만 이런 세월도 어느새 1년이나 지나 귀신으로 생활이 익숙해졌다. 소년은 내가 죽었다는 사실을 알고 앓아 누웠다. 소년이 앓아 눕고 얼마 동안은 소년과 함께 했던 시간들이 너무 즐거워서, 너무나도 행복해서 소년이 이대로 죽어 나와 함께 했으면 좋겠다는 생각을 했다. 하지만 곧 이건 아니라는 생각이 들었다. 산 사람은 살아야 한다. 이렇게 생각을 고쳐먹자 소년이 얼른 깨어나 나를 잊고 행복하게 살았으면 좋겠다고 생각했다. 때때로는 완전히 잊으면 섭섭할 수도 있다는 생각을 했다. 하지만 나는 역시 소년이 행복했으면 좋겠다. 내가 좋아하는 사람이니까, 나의 첫사랑이니까.

하지만 얼마 뒤 나의 바람과는 다르게 소년은 나를 기억 한 채로 깨어났다. 나를 기억하는 소년은 몹시 괴로워했다. 이따금 나와의 추억에 대한 환청을 듣는 것 같기도 했다.

소년이 이리도 괴로워하는 것이 죽은 나의 영혼이 그에게 붙어있어서 그런 것인가. 생각되어 우리가 처음 만난 돌다리에서 머물며 소년에게 떨어져 있었다.

그렇게 시간이 지나자 누군가가 돌다리로 다가왔다. 소년이었다.

소년의 안색은 몹시 나빠 보였다. 소년이 점점 다가오자 걱정과 함께 기대되었다. 혹시 내가 보이는 걸까? 나를 찾아온 걸까? 하지만 소년에게는 내가 보이지 않는다. 소년은 나를 볼 수 없다.

소년에게는 환각이 보이는 듯했다. 우리가 처음 만났을 때의 환각이. 소년이 나에 대한 기억을 극복하기까지는 오랜 시간이 걸릴 듯하다. 나는 소년이 나와의 기억들이 잘 정리될 때까지 기다리다가 그날이 오면 서로에 대한 추억을 가진 채 소년의 곁에서 떠나려고 한다. 그 날이 올 때까지는 네 곁에 있어도 되는 거겠지?

커튼

최혜민

투명한 창문 밖에 보이는 사람들
커튼을 내리면 볼 수 없다.
커튼을 올리지 않으면
아무리 창문이 투명해도
사람들을 볼 수 없다.

내 마음 너머에 보이는 사람들의 마음
내 마음의 커튼을 내리면 볼 수 없다.
커튼을 올리지 않으면
아무리 사람들을 보아도
사람들의 마음을 볼 수 없다.

시계

최혜민

제일 얇고 긴 게 매번 1등이다.
제일 얇고 긴 게 한 바퀴를 돌면
제일 굵고 긴 게 한 걸음 걸어가고
제일 굵고 짧은 건 걸어가지도 못한다.

제일 굵고 긴 게 매번 2등이다.
제일 굵고 긴 게 한 바퀴를 돌 때
제일 얇고 긴 게 육십 바퀴를 돌고
제일 굵고 짧은 건 다섯 걸음 기어간다.

제일 굵고 짧은 게 매번 꼴등이다.
제일 얇고 긴 게 칠백이십 바퀴를 돌고
제일 굵고 긴 게 열두 바퀴를 돌면
제일 굵고 짧은 게 한 바퀴를 돈다.

고요함 속의 시계 소리

최혜민

날씨가 따뜻하고 바람이 적당하게 부는 날 한 손에는 내 손의 두 배 이상 큰 엄마 손을 잡고, 또 한 손에는 내 손의 손가락 한 마디 정도 작은 내 동생 손을 잡고 큰 나무가 있던 잔디밭에 가곤 했다.

잔디밭에 가면 난 베개같이 푹신한 엄마 다리에 내 머리를 대고 책을 읽어 달라고 했다. 엄마가 책을 읽어 주면 이상한 나라의 앨리스에 나오는 앨리스처럼 꿈속에 들어가 신비로운 세계를 여행하는 책 속의 주인공이 될 수 있을 것이라고 믿었기 때문이다.

수많은 동화들 중에서 이상한 나라의 앨리스를 고른 이유는 앨리스라는 여자아이가 시계를 보며 바쁘게 뛰어가는 토끼를 따라가다 신비로운 세계를 여행하게 되는데, 신비로운 세계를 여행한 것이 꿈속이었으니 쉽게 책 속의 주인공이 될 수 있을 것이라고 생각하였기 때문이다.

하지만 내가 점점 자랄수록 엄마는 그 동화에 나오는 토끼처럼 시계만 보고 바쁘게 움직였다. 엄마께 책을 읽어 달라고 하면 엄마는 매번 "바쁘다"라는 말씀뿐이었고, 금방 어디론가 사라져 버리셨다. 아빠라도 책을 읽어 주셨으면 했지만 이미 아빠는 엄마가 내게 책을 읽어 주시기 전부터 토끼가 되어 있었다.

그렇게 아무런 꿈 없이 그저 시간이 지나길 기다렸다. 그러다 보니 어느덧 중학교 3학년이 되어 있었고, 시간이 지나도 친구는 한 명도 없었다. 친구를 사귀게 되더라도 엄마처럼 바뀌어 버릴까봐 사귈 수가 없었다. 먼저 내게 다가와도 내가 피했다. 그래서 우리 집에 초대한 사람은 한 명도 없었다.

초대할 사람도 없고, 엄마와 아빠는 바빠서 집에 잘 들어오시질 않으시고, 동생은 집이 답답한지 매일 밖에 있다가 늦게 들어와 집안이 항상 고요했다.

그러다 어느 날 엄마, 아빠, 동생 모두가 집에 모이게 되었다. 오랜만에 같이 밥을 먹고, 오랫동안 듣지 못했던 엄마, 아빠 목소리를 듣게 된 것이다. 너무 오랜만이어서 그런지 어색한 기운이 맴돌았지만 그래도 괜찮았다.

그렇게 몇 분간 어색한 기운이 맴돌다 아빠께서 처음으로 입을 여셨다.

"요즘 성적은 어떻게 나오니?"

아빠가 내게 질문을 하자마자 내 표정은 일그러졌다. 그런 얘기라면 그만했으면 하는 생각이 들었다. 하지만 말을 계속 이으셨다.

"네가 언니니까 네가 잘해야 동생이 보고 따라오지. 나 잘 되라고 공부하라는 게 아니야. 너 잘 되라고 하는 거지. 공부 열심히 해서 좋은 대학 가고 좋은 곳 취직해야 많은 돈을 벌고 행복하게 살 수 있어."

아빠가 하시는 말씀이 칼처럼 내 심장을 계속 찔렀다. 너무 고통스러워서 한 마디만 더하면 눈물이 나올 것 같았다. 하지만 아빠는 그것도 모른 채 말을 계속 이어 나가셨다.

"정신 차리고 공부해. 너 지금 중 3이야. 좋은 고등학교를 가야 좋은 대학교가지."

아빠가 말씀을 끝내시는 순간 바로 내 눈에서 눈물이 흘러내렸다.

하지만 아빠는 내가 우는 걸 보시더니 오히려 더 화를 내셨다.

"지금 몇 마디 했다고 우는 거니? 그렇게 마음 약해서 사회 생활 어떻게 하려고 그래!"

난 더 이상 버틸 수 없어서 방으로 뛰어갔다. 방문을 닫자마자 주저앉고 입을 틀어막으며 소리 나지 않게 계속 눈물만 흘렸다. 부모님께서 나를 사랑하지 않고 있다는 생각이 들었다. 눈물이 멈추려고 하다가도 계속 그런 생각이 나서 멈출 수가 없었다. 그렇게 몇 시간을 울다 잠이 들었다.

잠에서 깨고 나니 벌써 다음 날이 되었다. 다시 고요했던 일상이 시작되는가 싶었는데 오늘은 또 어디선가 소리가 들려왔다. 작은 소리였지만 집안이 고요해서 잘 들려왔다. 그 소리를 따라가 보니 주방 식탁 위에 상자가 하나 놓여 있었다. 열어 보지 않고 그저 바라만 보았다. 그런데 자세히 바라보니 상자 밑바닥에 내 이름이 쓰여져 있었다. 상자를 여는 순간 편지 한 장이 떨어졌고 그 밑엔 시계가 끼워져 있었다.

편지를 펼쳐 보니 소원을 이루어 준다는 말과 함께 선물이라는 단어가 쓰여져 있었고, 그 밑엔 아빠라고 써져 있었다. 아빠가 나에게 주시는 선물인 것 같았다.

아빠가 주신 선물은 이것이 처음이다. 하지만 시계라니 그리 좋진 않았다. 나도 토끼가 되라는 건지…….

시계를 꺼내고 많은 생각을 했다. 정말 소원을 이루어 주는 것일지 궁금하기도 했다. 내가 생각을 하고 있을 때에도 고요함 속에서 시곗바늘이 계속 소리를 내며 한 발 한 발 움직였다. 그때 난 그 시계 소리를 깨고 입을 열었다.

"내 소원은 다시 행복해지고 싶어."

하지만 아무런 일도 일어나지 않았다. 그래도 믿음을 잃지 않고 제발 행복했던 과거로 돌아가길 바라는 마음으로 시곗바늘을 거꾸로 돌렸다.

그때 놀라운 일이 벌어졌다. 내가 시계 속으로 빨려 들어 간 것이다. 정말 내 소원대로 과거로 보내 주는 것인지 엄청난 기대감을 갖고 빨리 과거에 도착하길 바랐다.

빨려 들어가는 게 멈추고 나니 나는 예전에 살던 우리 집에 와있었다. 정말 들뜬 마음으로 집을 돌아다녔지만 그것도 잠시 내가 바라는 것처럼 이뤄지지 않았다는 것을 알았다.

나는 엄마가 내게 책을 읽어 주시던 그때로 가고 싶었는데 엄마가 토끼로 바뀐 날로 가 버린 거다. 게다가 그곳엔 내가 아닌 어린 내가 있었고 그곳에 있는 모든 사람들이 날 보지 못했다. 내가 바라는 과거로 돌아간 것이 아니었던 것이었다.

하지만 포기하지 않았다. 어쩌면 과거로 가게 만든 것은 하나의 기회이기 때문에 놓치고 싶지 않았다. 이 시계가 날 바로 행복한 과거로 보내지 않아도 내가 행복해질 수 있는 하나의 열쇠라고 생각했다.

먼저 나의 불행의 시작점은 엄마가 토끼로 변해 버린 날이었다. 그저 시계만 보고 바쁘게 일만 했다. 그땐 엄마와 아빠가 왜 일을 하는지 몰랐다. 왜 내 꿈을 이루지 못하게 하면서까지 일을 하시는지 몰랐다.

그때 때마침 엄마가 일을 하러 나가셨다. 엄마가 일하시는 곳을 따라가 보면 그래도 어느 정도는 알아낼 수 있을 것이라고 생각했다. 하지만 내 생각과 다르게 알아낼 수 없었다. 엄마가 계속 일만 하셔서 원인을 알 수 없었다.

이제 어떻게 해야 하지, 어쩌지,라는 생각밖에 들지 않았다. 결국 무거워진 내 다리를 이끌고 다시 집으로 돌아갔다.

집에 도착하고 나서 소파에 앉아 어떻게 할지 고민을 했다. 그런데 그때 방에서 어떤 대화 소리가 들렸다. 어차피 난 보이지 않기 때문에 그냥 들어가도 될 것 같아 들어가 보았다. 들어가 보니 아빠와 엄마가 말씀을 나누고 계셨다.

"둘이 벌어도 생활비가 모자라. 더 열심히 벌어야 할 것 같아."

"아는 사람한테 할 만한 일 소개시켜 달라고 부탁은 해봤어. 애들 해주고 싶은 것들은 해줘야지."

"지금 하나 하는 것도 힘들 텐데 두 가지 일 모두 다 할 수 있겠어?"

"애들을 위해서라면 어쩔 수 없지……."

그런데 그때 대화를 다 듣지 못한 채 시계에 다시 빨려 들어 가버렸다. 현재로 돌아간 것이다. 이유를 알지 못한 채 돌아가니 너무 허탈했다.

그렇게 눈을 떠 보니 난 병원에 있었다. 주변엔 엄마, 아빠, 동생이 모두 나를 걱정하고 있었다. 동생이 집에 갔더니 내가 쓰러져 있어 놀라 병원으로 데려갔다고 말했다.

모두가 날 걱정했다는 것과 부모님 모두 날 무시하는 걸로만 알았는데 그게 아니었다는 것들이 의외였다. 그때 과거에서 들었던 대화가 생각났다. 나를 위해서 돈을 버시는 것이기 때문에 어쩔 수 없었다는 것을…….

내 생각이 아직 과거에 빠져 있을 때 아빠는 내게 어제처럼 칼 같은 말들을 하셨다.

"괜찮은 것 같으니 바로 퇴원해라. 시간이 부족하거든. 좋은 대학 가려면 공부해야지."

하지만 나는 어제와 다르게 결심하고 입을 열었다.

"아빠 나는 공부하기 싫어요!"

아빠는 잠깐 당황한 표정을 지으셨다가 다시 인상을 찡그리셨다.

"매번 말했듯이 공부 열심히 해서 좋은 대학을 가고 좋은 곳을 취직해야 돈을 벌 수 있단다. 돈이 없으면 행복할 수 없어."

"아빠 저는 돈으로 인해 행복한 것은 행복하다고 할 수 없어요. 우리 가족 모두가 함께하는 그 시간이 행복한 것 같아요."

"하지만 돈이 없다면 아무것도 할 수 없어. 어쩔 수 없는 일이야."

"꼭 돈이 있어야 하나요? 이야기 정도는 나눌 수 있잖아요."

아빠는 아무런 말씀도 하지 못하셨다. 퇴원을 하고 나서도 공부하라는 말씀 없이 그저 푹 쉬라는 말씀만 하고 가셨다.

방 침대에 누워 다시 오늘 있었던 일들을 다시 생각했다. 진작 속 시원하게 말할 걸 그랬다. 하고 싶었던 이야기를 다 털어놓았더니 풍선처럼 가벼운 마음으로 잠자리에 들 수 있었다.

다음 날이 되고 고요했던 집은 시계 소리가 아닌 다른 소리로 채워졌다. 엄마, 아빠, 동생 모두 집에 있었던 것이다. 내 속마음을 보여 준 뒤로 아빠는 아직 어색하지만 나와 대화를 하기위해 힘쓰셨고, 엄마는 나에게 다정하게 대하시면서 내 말을 무시하지도 않으셨다. 동생은 집을 답답해하거나 나가지 않았고, 우리는 오랜만에 화목한 분위기로 다 같이 모여서 아침밥을 먹었다. 제일 좋았던 것은 그 누구도 시계를 보지 않았다는 것이다. 토끼가 되었던 엄마, 아빠가 원래대로 돌아왔다는 것이다.

아침밥을 먹은 후 나는 아빠가 주셨던 시계를 다시 꺼내 보았다. 전에 집안이 고요했을 때는 시계 소리가 아주 크게 들렸는데 이젠 소리가 들리지 않았다. 이 시계 소리가 행복한 소리에 묻혀 다신 들리지 않길 바라며 난 시계를 다시 상자에 넣었다.

사랑

황휘정

사랑은 말이야
그 사람을
행복하게 해주고 싶어하는
마음이야

사랑은 말이야
그 사람을
웃게 해주고 싶은
마음이야

사랑은 말이야
그 사람이
나를 봐 줬으면 하는
마음이야

사랑은 말이야
그 사람을
지켜주고 싶어하는
마음이야

꿈꿈

초판 1쇄 인쇄 2016년 11월 21일
초판 1쇄 발행 2016년 11월 25일

지은이 강지윤 외
펴낸이 강정규
펴낸곳 시와동화

등록번호 제2014-000004호
등록일자 2012년 6월 21일

주소 경기도 부천시 소사구 성주로 86-4, 104동 402호(송내동 현대아파트)
전화 032-668-8521
이메일 kangjk41@hanmail.net

ISBN 978-89-98378-18-9 43810

값은 뒤표지에 있습니다.